Sina Blackwood

DAS GROßE GLÜCK,
EIN KLEINES BISSCHEN
ANDERS ZU SEIN

2

Bibliografische Informationen der Deutschen Nationalbibliothek:
Die Deutsche Nationalbibliothek verzeichnet diese Publikation in der Deutschen Nationalbibliografie; detaillierte bibliografische Daten sind im Internet über http://dnb.de abrufbar.

© 2. Auflage: April 2025

© Coverbild: motorbike on the road riding. having fun driving the empty road on a motorcycle tour journey. Created with Generative AI technology. © lililia

Umschlaggestaltung: Sina Blackwood
Layout: Sina Blackwood

Verlag: BoD · Books on Demand GmbH, Überseering 33, 22297 Hamburg, bod@bod.de
Druck: Libri Plureos GmbH, Friedensallee 273, 22763 Hamburg
ISBN: 978-3-7557-1077-6

Inhaltsverzeichnis

I.

Mitten in der Nacht klingelte jemand Sturm an der Villa der Mancini. Alle schreckten aus dem Schlaf, Familienhund Bruno stellte sich schützend vor das Bett des sechsjährigen Luca.

Adriano wechselten einen besorgten Blick mit Anabelle. „Ich vermute einen Notfall der besonderen Art“, seufzte er, die Taste der Wechselsprechanlage drückend. „Ja bitte!“

„Ich bin's, Renato.“

Das winzige Display der Überwachungskamera zeigte tatsächlich das gut bekannte Gesicht, eines, ihrer besten Freunde.

Adriano drückte den Öffner vom Hoftor, zog sich, wie auch Anabelle, rasch einen Jogginganzug über und entriegelte gleich noch die Haustür. Am oberen Ende der Treppe zu den Wohnräumen warteten sie auf Renato. Der erschien mit seiner kleinen Tochter Laura auf dem Arm, worauf die Mancini einen wissenden, wenn auch überraschten Blick tauschten.

„Komm rein! Leg die Kleine ins Gästezimmer, damit sie weiterschlafen kann!“, schlug Anabelle vor.

Renato nickte mechanisch, strich mit einer Hand Bruno über den Kopf, deckte sein Töchterchen sorgsam zu, als er es ins Bett gelegt hatte, ließ die Tür offen und folgte seinen Freunden in den Wohnraum. „Warum wundere ich mich eigentlich, dass ihr euch nicht wundert?“, flüsterte er, auf die hellseherische Gabe Adrianos anspielend.

„Genau deswegen", seufzte Anabelle. „Wir sind nur erstaunt, dass die Situation so schnell eingetreten ist."

Renato hob hilflos die Hände. „Na, wenigstens muss ich keine ellenlangen Erklärungen geben. Ihr kennt ja den Putzzwang von Bianca. Heute hat Laura versehentlich einen Blumentopf umgeworfen, worauf ein Geschrei einsetzte, als habe uns jemand das Haus überm Kopf angezündet. Nur gut, dass gerade keine Klienten in der Kanzlei waren! Ich hätte mich in Grund und Boden geschämt", berichtete Renato. „Abends ist die Lage dann regelrecht eskaliert, weil Laura der Löffel aus der Hand gefallen ist. Man hat Bianca sicher drei Grundstücke weiter keifen hören. Als Rechtsanwalt kann ich es mir noch weniger leisten, als andere Leute, wegen solcher Probleme ins Gerede zu kommen. Ich will Bianca auch nicht einfach rauswerfen, weil ich nicht weiß, was dann mit Laura geschieht, ehe ich eingreifen kann. Sie hat die Kleine nicht gewollt, nie wirklich geliebt und lässt es sie nun deutlich spüren. Juristisch weiß ich, was ich tun muss, nur menschlich sehe ich kein Licht am Horizont. Ich brauche dringend Rat und Hilfe, denn ich bin mit meinem Latein am Ende."

„Auch das hat Adriano vorausgesehen", gab Anabelle Auskunft. „Wir haben bereits mit Luca gesprochen, er wäre nicht abgeneigt, deiner

Kleinen als großer Wahlbruder zur Seite zu stehen."

„Wirklich?!" Renatos Augen wurden geradezu riesig. „Ich hatte befürchtet, er würde sich vehement wehren, ein dreijähriges Mädchen permanent um sich zu haben."

Die Mancini schüttelten die Köpfe. „Du weißt ja, wie sehr er sich ein Geschwisterchen wünscht. Seit wir die Familienchronik studiert haben, sind wir aber der Meinung, dass die Seher in allen Jahrhunderten immer nur ein Kind, nämlich einen Sohn, hatten. Keiner von uns vieren, denn Bruno zählt auch mit, ist ungehalten, wenn du Laura für ein paar Tage oder dauerhaft hier unterbringen möchtest, damit sie völlig unbeschwert aufwachsen kann. Du hast Adriano damals in jeder Weise geholfen, seine Unschuld zu beweisen, sodass es uns eine Freude ist, dir auf diese Art Sorgen abnehmen zu können", erklärte Anabelle. Adriano nickte heftig zu ihren Worten.

Eine Stunde später fuhr Renato beruhigt nach Hause, seine Kleine in den allerbesten Händen wissend. Er versprach, Kleidung und Spielzeug vorbeizubringen, bis sich die Lage entspanne.

Laura wachte auf, als Anabelle mit Bruno von der morgendlichen Gassirunde kam. Erstaunt schaute sie sich in dem ihr nicht völlig fremden Zimmer um. Sie kletterte aus dem Bett und lugte durch den Türspalt. „Bruno!", entfuhr es ihr in höchster Freude.

„Wuff!" Der Vierbeiner wartete, bis ihm Anabelle die regennassen Pfoten und das Fell abgetrocknet hatte, dann beeilte er sich, Laura mit einem Nasenstupser mitten ins Gesicht zu begrüßen.

„Ist Papa auch hier?", fragte Laura.

Anabelle schüttelte den Kopf. „Er musste wieder nach Hause, weil er viel Arbeit hat."

„Hmm, ich weiß", erwiderte Laura sehr ernst. „Darf ich heute hierbleiben?"

„Du bleibst bei uns, bis dich dein Papa irgendwann wieder abholt", sprudelte Luca heraus, der soeben ins Bad flitzte, um sich tagfein zu machen. Er war gerade in die erste Klasse gekommen und Pünktlichkeitsfanatiker.

„Das muss er von der Mutter geerbt haben", grinste Adriano stets, die sprichwörtliche deutsche Pünktlichkeit hervorhebend.

Anabelle drehte ihm dann hin und wieder eine lange Nase, wenn es Luca nicht sehen konnte, worüber beide grinsen mussten.

„Die eiserne Lerndisziplin scheint er aber von beiden zu haben", staunten dann Claudia und Gepetto stets, deren drei Kinder lieber den ganzen Tag mit Hund Benny, Brunos Bruder, herumtrödeln würden. Wobei auch keines der drei gesteigertes Interesse an der Arbeit in der Spedition der Eltern zeigte.

Luca hingegen brannte für alles, was irgendwie mit Naturwissenschaften zu tun hatte und die Mancini nahmen es sehr ernst, wenn er kundtat, auch ein berühmter Arzt, wie sein Papa, werden zu wollen.

„Berühmt?", hatte Adriano beim ersten Mal irritiert gefragt.

„Ja, berühmt", gab Luca fest überzeugt zurück. „Immer wenn die Eltern meiner Schulkameraden Schmerzen im Rücken oder den Beinen haben, sagen sie: Ich muss mal zu Doktor Mancini gehen. Und einer hat erzählt, dass sogar in der Zeitung gestanden hat, dass du supergut bist."

„Er hat recht, das stand tatsächlich in der Zeitung", bestätigte Anabelle ihrem Sohn, Adriano verschmitzt zublinzelnd.

Beim gemeinsamen Frühstück strahlten Lauras Augen, dass niemand schimpfte, weil ein Krümel herunterfiel. Anabelle sagte schmunzelnd zu ihr: „Wir beide kehren dann ganz einfach auf, was Bruno liegenlässt."

Das war am Ende nichts und Laura kraulte den großen Hund hoch erfreut. Zu Hause hätte Mama ganz furchtbar gezetert und Papa sofort Kehrblech und Besen holen müssen. Hier blieben alle völlig entspannt sitzen, Bruno spielte Staubsauger und am Ende trugen alle gemeinsam Geschirr und Besteck in die Küche. Tante Anabelle räumte den Spüler ein, verabschiedete mit Onkel Adriano Luca und dann bereiteten sie sich auf ihre Arbeit vor.

„Du kommst mit in mein Büro", versprach Anabelle Laura, wobei sie einen großen Beutel Spielzeug und Malstifte einpackte.

Adriano holte Lucas alten kleinen Tisch mit Stühlchen aus der Bodenkammer. „Damit du richtig sitzen kannst", blinzelte er Laura zu.

Laura beschäftigte sich still mit all den schönen Sachen, freute sich, wenn die Patienten auch ihr einen guten Tag wünschten, und meldete sich nur, als sie auf die Toilette musste. Anabelle hatte ihr einen Teller mit Obststücken und einen Becher Saft auf den Tisch gestellt, woran sich Laura nach Herzenslust bedienen durfte, wie es auch immer Luca gemacht hatte.

In der Mittagspause kam Renato, um eine große Tasche Kleidung zu übergeben, und weil er keine Ruhe hatte, ohne zu wissen, ob alles reibungslos lief.

„Setz dich!", bat Anabelle. „In wenigen Augenblicken wird das Essen gebracht. Du bist fest im Plan. Luca wird ebenfalls gleich aufkreuzen."

Laura lachte fröhlich, weil Papa völlig verdattert schaute.

„Warst du schön brav?", fragte er sie.

„Ja. Und alle sind ganz lieb zu mir", fügte sie im Brustton der Überzeugung hinzu.

„Wirst du dann fein Mittagsschlaf halten?", wollte er wissen.

Laura nickte. „Bruno passt da auf mich auf und Luca."

Renato schmunzelte über so viel Enthusiasmus. Seine Kleine genoss Liebe und Ruhe, die sie hier umgaben. „Ich komme heute Abend noch mal vorbei", versprach er. „Bis dahin habe ich bestimmt einige Grundsätze des Gesamtproblems geklärt." Er brachte Laura zum Mittagsschlummer ins Bett.

Eine viertel Stunde später war sie ganz fest eingeschlafen. Die Tür war offengeblieben, Laura wusste, dass Bruno immer wieder hereinschauen werde und dass Luca seine Zimmertür auch nicht schloss. Er hatte seine beiden Räume genau gegenüber und werde ganz sicher sofort kommen, wenn sie Hilfe bräuchte.

Sie mochte Luca am liebsten von allen Kindern des Freundeskreises ihrer Eltern. Nicht nur, weil er der Jüngste, nach ihr war. Wenn er auf den Treffen mit allen Freunden versprochen hatte, mit ihr zu spielen, dann machte er das, egal welch tolle Sachen die Größeren gerade ausheckten. Er baute für sie im Sandkasten Burgen, steckte ihr heimlich Schokolade zu, damit ihre Mama nicht schimpfte, weil man sich vielleicht beschmieren konnte. Er hatte einmal sogar einen Fleck aus ihrem T-Shirt geschrubbt, damit Tante Bianca nicht schon wieder böse auf Laura war. Gepetto und Claudia hatten es gesehen und achtungsvolle Blicke miteinander gewechselt.

„Er scheint zu spüren, dass es Laura mit ihrer Mama schwer hat", seufzte Gepetto, als er mit Adriano die Abendrunde mit den Hunden ging.

„Nicht nur das! Er hat schon gefragt, warum Bianca die Kleine ständig wegen fast nichts anraunzt und immer so grimmig guckt", verriet Adriano.

Also wunderte sich Gepetto, von klein auf Adrianos allerbester Freund, nicht, als dieser ihm auf der heutigen Runde kundtat, dass Laura vorerst bei ihnen wohne. „Das hat Renato richtig gemacht", lobte er kurz. „Und auch, dass er Bianca nicht geheiratet hat", fügte er im nächsten Augenblick hinzu.

Adriano wusste, dass Renato Bianca auf einer Ausstellung exotischer Pflanzen kennengelernt hatte. Beide begeisterten sich für dasselbe Hobby. So hatte Renato Bianca zu sich eingeladen, um ihr seinen Wintergarten und die beiden Gewächshäuser zu zeigen. Mit der Zeit war mehr daraus geworden, ohne die ganz große Liebe zu sein. Kinder hatten nie auf dem Plan gestanden, eben weil Bianca psychische Probleme hatte. Laura war praktisch ein, eigentlich nicht möglicher, Verkehrsunfall gewesen. Und so wurde sie von ihrer Mutter behandelt.

Papa Renato kümmerte sich hingegen in jeder freien Minute um sein Töchterchen, das er innig liebte. Er hatte sogar vorgeschlagen, ein Kindermädchen einzustellen. Nur wehrte sich Bianca gegen dieses Ansinnen vehement, weil eine fremde Person noch mehr Schmutz ins Haus bringen und Unordnung stiften werde. Die Mancini waren zu guter Letzt Renatos einzige Hoffnung.

Und er kam mit interessanten Neuigkeiten zum gemeinsamen Abendessen. „Ich habe Bianca erklärt, ihr das Sorgerecht entziehen zu lassen. Sie hat regelrecht erfreut darauf reagiert. Jetzt werde ich ihr eine Wohnung kaufen und dann ganz dicke Schlussstriche ziehen.“

„Mach dir für danach keinen Kopf“, riet Adriano. „Laura bleibt tagsüber hier, bis sie in die Schule geht. Dann ist sie alt genug, bei dir zu Hause zurechtzukommen, wenn du unten in der Kanzlei arbeitest.“

„Nachmittags sind Luca, Bruno und Gepettos Mario für sie da, der ja auch mehr bei uns als zu Hause ist“, lachte Anabelle. „Auf die drei kann man sich felsenfest verlassen.“

Beim nächsten Treffen der Freunde auf dem Anwesen von Zahnarzt Giovanni und Frau Angelina waren die Veränderungen sofort offensichtlich, denn Renato kam allein, Adrianos Familie brachte Laura mit. Das Warum musste nicht diskutiert werden, aber alle freuten sich, wie Laura in den wenigen Tagen aufgelebt war. Selbst hier, wo so viele Erwachsene auf Laura aufpassen konnten, schaute Luca immer wieder nach, ob sie sich auch nicht langweile.

„Ein Bild tiefster Verehrung, wie sie ihn anlächelt“, schmunzelte Vincenzo.

Die stolzen Väter grinsten vergnügt.

„Wirst du dir jetzt einen Hund anschaffen, wie du es dir immer gewünscht hast?“, fragte Marco Renato.

„Nein. Ich denke nicht. Ich verwöhne lieber weiter Bruno mit Leckerli“, antwortete Renato nach kurzem Nachdenken.

„Du hast nur keine Lust, bei Wind und Wetter Gassi zu gehen!“, stichelte Antonio.

„Musst du alles ausplaudern!“, rief Renato in gespielt komischer Verzweiflung, worauf die Freunde herzlich lachten. „Zudem vergleicht Laura jetzt immer alle Hunde mit Bruno — da kommt wohl keiner gleich gut weg. Sie wäre sicher enttäuscht. Da soll sie lieber ihn als besten Spielgefährten auf vier Pfoten in Erinnerung behalten. Sie ist doch völlig hin und weg, wenn sie ihn an der Leine führen darf.“

„Das kann ich bestätigen“, warf Claudia ein. „Mir sind bald die Augen rausgefallen, als sie mir zum ersten Mal mit Bruno an der Etsch entgegenkam. Anabelle lacht sicher heute noch deswegen. Wenn Laura am anderen Ende der Leine hängt, nimmt Bruno keinerlei Spielofferten von Benny an. Er weiß vermutlich genau, was passiert, wenn er losspurten würde.“

Laura für die Wochenenden nach Hause zu holen, verkniff sich Renato, als sich die Kleine vor dem Mittagessen mit Mama Bianca einfach davon gemacht hatte. Sie war über den hohen Zaun geklettert und hatte alle, die sie traf, gefragt, wie sie zu Tante Anabelle und Onkel Adriano Mancini laufen müsse. Ein Nachbar hatte sie erkannt, besorgt auf den Arm genommen und nach Hause getragen. Dort war dann für mehrere Stunden Landunter, weil Laura in Tränen zerfloss. Bianca schrie die Kleine in einem fort an, wie sie es wagen könne, wegzulaufen, sodass Renato in höchster Not seine Tochter zu den Mancini zurückbrachte.

Als Adriano die Tür öffnete, sprang Laura wie der geölte Blitz hinein und kraxelte mit affenartiger Geschwindigkeit auf allen vieren die lange Treppe zu den Wohnräumen hinauf.

„Sonst noch Fragen?", flüsterte Renato traurig.

Adriano legte ihm den Arm um die Schulter. „Alles wird gut."

Renato strahlte auf. „Wenn du das sagst, dann glaube ich es."

Als er nach Hause zurückkam, wandte sich Renato düster an Bianca: „Eines Tages werden sie dich in die geschlossene Anstalt einweisen, wenn du dich nicht bald behandeln lässt! Nächste Woche unterschreibe ich den Kaufvertrag für deine zukünftige Wohnung, damit der Alptraum ein Ende hat. Du kannst jetzt schon mit dem Packen beginnen!"

Bianca zuckte mit den Schultern und schaltete den Fernseher ein, als sei nichts gewesen. Renato schüttelte den Kopf. Er checkte in der Verzweiflung im Internet die Möglichkeiten, an eine gute Haushälterin zu kommen, der ein Kleinkind im zu betreuenden Haus kein Dorn im Auge wäre. Den richtigen Tipp bekam er am Ende von den Mancini, die ihre Villa, und die Außenanlagen, die Wohnung nicht eingeschlossen, über eine bestimmte Agentur pflegen ließen. „Du musst ja niemanden in deine vier Wände aufnehmen, wenn es nur ums Instandhalten geht", hatten sie erklärt.

„Auch wahr", murmelte Renato.

Ein paar Tage später wollte er Laura für das Wochenende abholen.

„Sie war doch eben noch auf dem Sofa!", staunte Anabelle, als die Kleine wie vom Erdboden verschluckt war. „Bruno, suche Laura!"

Der Vierbeiner hatte Laura zwar schnell erschnüffelt, nur weigerte sie sich vehement, ihren Zufluchtsort, die Truhe für die Schmutzwäsche, zu verlassen. Sie zog mit einer derartigen Kraft von innen am Deckel, dass Adriano fürchtete, sie zu verletzen, öffnete er den Behälter mit Gewalt.

„Das schnürt mir regelrecht das Herz ab", flüsterte Anabelle, den Tränen nah.

Renato zog ebenfalls die Nase hoch, kniete sich neben die Truhe und erklärte: „Laura, Mama wohnt nicht mehr bei uns. Es gibt nur noch uns beide."

„Wirklich?", tönte es aus der Truhe, deren Deckel sich langsam hob.

„Wirklich!“, bestätigte Renato. „Komm raus, kleine Maus. Papa ist traurig, weil er das ganze Wochenende alleine sein muss, wenn du nicht mitkommst.“

„Oh ... armer Papa!“ Laura ließ sich aus der Wäschekiste heben und drückte Renato ganz fest. „Ich passe auf dich auf!“

„Das ist sehr gut!“, schmunzelte Anabelle. „Bis Montag, kleiner Schatz!“

„Bis Montag, Tante Anabelle! Gib Luca ein Küsschen von mir!“

„Ich werde es nicht vergessen!“

Renato war gerade vom Hof gefahren, als Gepetto Luca nach Hause brachte. Es war zwar nicht weit, aber es wurde schon zeitig dunkel und die Sicherheit der Kinder hatte höchste Priorität. Während Luca sofort in der Badewanne verschwand, berichtete Adriano seinem besten Freund, wie sich Laura versteckt und dann alles ein gutes Ende genommen hatte.

„Wundert mich nicht, dass Anabelle Lauras Schicksal derart an die Nieren geht. Bianca hätte Laura wohl auch ausgesetzt, wenn die Außenkameras an Renatos Haus nicht gewesen wären“, brummte Gepetto mit zusammengezogenen Augenbrauen. Darauf anspielend, dass Anabelle als Neugeborene bei Eiseskälte von ihrer Mutter wie Abfall an einem Feldrain weggeworfen worden war.

„Ich habe in der Tat manchmal Vergleiche gezogen“, gab Anabelle zu. „Aber Laura hat wenigstens einen Papa, der seine Kleine niemals im Stich lassen würde."

„Und der wiederum hat Freunde, die immer einen Weg finden", strahlte Gepetto, ehe er nach Hause eilte.

Luca kam aus dem Bad. „Wo ist Laura?"

„Bei ihrem Papa. Ich soll dir ein Küsschen von ihr geben", erklärte Anabelle.

„Oh je, arme Laura!", erschreckte sich Luca.

„Keine Sorge, Bianca ist ausgezogen. Renato wird sich mit Laura ein wunderschönes Wochenende machen."

„Klasse! Da kann ich mich auch in Ruhe über das Küsschen freuen!" Luca rieb sich zufrieden die Hände. „Sie kommt doch aber am Montag wieder?!"

„Würde sie dir fehlen, wenn sie nicht käme?", stellte sich Adriano naiv.

„Ja, sehr. Ich mag Laura." Luca knuddelte Bruno und wünschte allen eine gute Nacht.

„Ich werde sie nicht voneinander abhalten, sollte es in dreizehn, vierzehn Jahren noch immer so sein", grinste Adriano, es sich mit Anabelle vor dem Fernseher gemütlich machend.

Anabelle schaute ihn verschmitzt prüfend von der Seite an. „Du weißt doch schon wieder was!"

„Ich?! Niemals!", grinste Adriano.

II.

Wenn die Mancini wegen eines Termins außer Haus mussten, brachten sie Laura zu Vincenzo und Gianna, die sich trotz Stress im Lokal, rührend um die Kleine kümmerten. Gewohnt, sich selber zu beschäftigen, saß sie im Büro, malte und schaute Bilderbücher an. Sie freute sich riesig, wenn ihr Onkel Vincenzo ein Schälchen Eis oder Pudding servierte, wobei er meist mit großen Augen einen Finger auf seinen Mund legte. Dann nickte Laura heftig, ließ es sich schmecken und brachte das leere Gefäß ungesehen zum Rollregal, wo das benutzte Geschirr abgestellt wurde.

Klar wusste Gianna Bescheid, sie hätte es Laura aber um nichts in der Welt verraten, weil dann der Zauber des Geheimnisses mit Onkel Vincenzo zerstört worden wäre.

Wenn es noch hell war, holte Luca Laura allein vom Restaurant ab. In der dunkleren Jahreszeit begleiteten ihn Mutti oder Vati mit Bruno, der das Gastronomen-Paar ebenfalls sehr liebte, weil er stets Leckerli erhielt. Manchmal kam Gepetto zufällig mit Familie vorbei. Dann saßen alle gemütlich in der Gaststube zusammen. An solchen Tagen fuhr Renato direkt zum Lokal, um Laura nach dem gemeinsamen Abendbrot mit nach Hause zu nehmen.

So vergingen die drei Jahre, bis Laura einge-
schult wurde, fast wie im Flug. Wenn die Männer ihre jährlichen Motorradausfahrten durch-
führten, kam Claudia mit Kindern und Hund zu
Anabelle, Luca und Laura, wo alle im Garten
viel Spaß miteinander hatten. Abends zogen sie
gemeinsam zu Gianna ins Lokal, um Abendbrot
zu essen.

Wenn Laura Sorgen hatte, teilte sie diese mit
Luca, der immer einen guten Rat wusste. Er
hatte auch stets nützliche Tipps, die sich Laura
sehr zu Herzen nahm, für die Schulaufgaben.
Wenn sie Fragen hatte, rief sie ihn einfach zu
Hause an, wie es ihr Papa erlaubt hatte. Auch
mit Adriano und Anabelle war das abgespro-
chen, damit sich niemand wunderte.

Lucas Begeisterung für die Naturwissenschaften hatte schon auf sie abgefärbt, als sie noch
ganz klein gewesen war. Er hatte sie in seine
Experimente und Untersuchungen immer einbe-
zogen und so ihren Forscherdrang geweckt.
Egal, ob er Bohnensamen in Gips eingoss und
ihn ins Wasser legte, als er ausgehärtet war, um
die Sprengkraft der Keimlinge zu demonstrieren,
oder mit der Lupe im Garten Regenwürmer
beobachtete. Laura fand es spannend, auf welche Weise er jegliche Theorie in der Praxis über-
prüfte. Und sie half Papa im Haushalt, wie sie es
bei Anabelle gelernt hatte. Luca saugte und
wischte ja auch Staub, deckte den Tisch und

putzte selber seine Schuhe. Und Luca war ihr großes Idol in jedweder Weise.

Am heutigen Samstag schlenderten die Mancini mit Sohn und Hund am Fluss entlang, um bei Vincenzo Mittag zu essen. Adriano war schon den ganzen Morgen unruhig gewesen, beteuerte aber, dass dies weder etwas mit der Familie noch den Freunden zu tun habe. Anabelles Vorschlag nach einem langen Spaziergang hatte er mit Freude angenommen, aber gebeten, über die Ponte Nuovo in die Altstadt zu gehen.

„Weil sich heute unser Kennenlernentag zum Runden jährt?", fragte Anabelle schmunzelnd.

„Das ist einer der Gründe", blinzelte Adriano vergnügt. „Ich würde auch heute nichts, aber auch gar nichts, anders machen als damals." Er hauchte ihr einen Kuss auf die Wange.

Kurz vor der Brücke fasste Anabelle Adrianos Hand. „Ich glaube, ich habe Halluzinationen!"

„Ich vermutlich ebenso", staunte er, denn am gut bekannten Platz, stand mit gut bekannter Nummer ein Reisebus mit Warnblinker und zwei genau so gut bekannte Menschen schauten ziemlich ratlos unter die Motorhaube.

Die vier Spaziergänger beschleunigten den Schritt, blieben neben dem Bus stehen und Anabelle fragte: „Können wir helfen?"

Busfahrer und Reiseleiterin kreiselten herum, stutzten kurz, dann jubelten beide, die Familie voller Freude begrüßend.

„Wir haben ein merkwürdiges Geräusch, wenn der Motor läuft, das immer lauter wird", erklärte der Fahrer.

„Und wir können in Deutschland keinen erreichen", fügte die Reiseleiterin hinzu. „Mit unseren Italienischkenntnissen, stehen die Chancen auch schlecht, Hilfe zu bekommen."

Anabelle übersetzte für Adriano.

„Ich rufe Gepetto an. So ein Bus ist doch auch bloß ein Lastauto", gab er bekannt, was Anabelle ins Deutsche übertrug, wobei sie hinzufügte, dass Gepetto Spediteur sei, der eine ganze Flotte LKW sein Eigen nannte. „Wenn einer helfen kann, dann er."

„Oh bitte!", hauchte die Reiseleiterin, während Adriano schon telefonierte.

„Er wird in einer halben Stunde mit einem Mechatroniker hier sein", lautete die gute Nachricht.

In der Zwischenzeit durfte sich Luca den Bus von innen und außen anschauen, inspizierte Bordküche und Toilette. Für ihn ein grandioses Erlebnis, weil er schon lange wusste, wie sich Mama und Papa das erste Mal begegnet waren. Nun war dies noch ein Stückchen greifbarer geworden, auch wenn dieser hier nur ein Nachfolger des damaligen Busses war.

Die mobile Werkstatt der Spedition Andreotti näherte sich mit eingeschalteter orangefarbener Rundumleuchte.

„Ah, da sind sie ja schon!", freute sich Anabelle und machte sich zum Übersetzen bereit.

Der Busfahrer überließ seinen Arbeitsplatz Gepetto, der nach den Anweisungen seines Monteurs Gas gab, die Bremse trat oder die Klimaanlage ein und aus schaltete.

„Wann fiel das Geräusch zum ersten Mal auf?", ließ Gepetto nachfragen, als sein Mechatroniker ein ahnendes Nicken zeigte.

„Nach dem letzten Werkstattbesuch vor drei Wochen", erinnerte sich der Busfahrer. „Dann war es wieder weg, um heute erneut so komische zu fauchen, nur viel lauter, sodass sogar einige Reisende Angst bekamen."

Anabelle gab die Worte auf Italienisch weiter. Der Techniker nickte wieder und baute eine Leitung aus, die auf der Unterseite einen langen Riss zeigte. „Das ist was von der Klimaanlage oder Heizung", sagte Anabelle. „Ich kann es leider nichts anders übersetzen. Aber Gepettos Mitarbeiter kann es reparieren, weil das gleiche Teil in einigen LKW verbaut ist und sie es dabei haben."

Nach weniger als einer Stunde war der Bus wieder einsatzbereit, der Fahrer um rund 500 Euro ärmer und die Reiseleiterin 1000 Sorgen los. Die geborstene Leitung packte der Fahrer in den Laderaum, um sie seiner „Werkstatt um die Ohren zu schlagen".

„Eigentlich sollte das heute die geführte Tour werden, wie damals, als Sie uns abhandengekommen sind“, wandte sich die Reiseleiterin lächelnd an Anabelle.

„Es ist auch das gleiche Datum, nur ein paar Jahre später“, lachte die, „wir haben es heute schon entsprechend gewürdigt. Das ist einer der Gründe, warum wir hier entlang spaziert sind. Ein anderer Grund ist, dass mein Mann gefühlt hat, dass heute genau hier jemand in Nöten war.“

„Bringen Sie den Bus zum Parkplatz und kommen Sie dann zu dieser Adresse!“, bat Adriano, ihnen die Daten von Vincenzos Restaurant gebend, ehe sie weiterflanierten. „Ich bin glücklich, dass Gepetto helfen konnte“, freute er sich.

„Hmm, ich auch!“, strahlte Anabelle. „So, wie es aussieht, hat er für sie einen Freundschaftspreis gemacht.“

Die Vermutung sprach wenig später auch der Busfahrer aus, worauf Adriano breit lächelnd zugab: „Ich habe am Telefon gleich SOS gefunkt, dass ‚unser‘ Bus in Nöten ist.“

„Dann ist Herr Andreotti der Spediteur, der Ihre Umzüge koordiniert hat“, rief die Reiseleiterin.

„Richtig! Vincenzo, der Gastwirt, war damals auch mit in Deutschland, um Anabelles Chef zu ärgern“, verriet Adriano kichernd.

Der Wirt war natürlich sofort unterrichtet worden, auf wen die Mancini in seinem Lokal warteten. Entsprechend herzlich war die Begrüßung. Der denkwürdige Tag, der sich heute zufällig zum zehnten Mal jährte, wurde mit alkoholfreiem Sekt begossen.

„Ich habe sogar mein altes Handy aufgehoben, als eine Art Kultgegenstand zur Anbetung", schmunzelte Anabelle.

„Wir haben es in einer samtgepolsterten Schatulle, zusammen mit den Bild des Hundes, der Anabelle als Baby gerettet hat, bei der jahrhundertealten Familienchronik im Safe liegen. Und ich habe die Annalen handschriftlich zu jenen denkwürdigen Ereignissen ergänzt", verriet Adriano.

„Da kriecht mich glatt die Ehrfurcht an", seufzte die Reiseleiterin. „Es kommt nicht oft vor, dass man mit Personen Kontakt hat, deren Familienbande bis ins 13. Jahrhundert nachweisbar sind."

Adriano lächelte melancholisch. „Meine Altvorderen haben unglaubliche Mühen auf sich genommen, die Chroniken vor allen Häschern zu verstecken. Denn oft gerieten die Menschen ja in Sippenhaft, wenn ein bekanntes Mitglied der Familie in Ungnade fiel. Die Inquisition war nicht zimperlich."

„Wie alt ist Ihr Sohn jetzt?", fragte die Reiseleiterin schließlich, weil Luca still und aufmerksam den Gesprächen folgte.

„Ich bin neun Jahre alt", gab Luca auf Deutsch bekannt.

„Huch! Ich dachte, das müsste übersetzt werden!", staunte die Reiseleiterin.

Luca schüttelte den Kopf. „Ich wachse zweisprachig auf.“

Adriano lachte herzlich, als die deutschen Gäste völlig verdattert schauten. „Ich liebe es, wenn er plötzlich Trümpfe aus dem Ärmel zieht!“

„Kann ich mir vorstellen“, kicherte der Busfahrer. „Hat er sicher vom Papa, der auch für große Augen sorgte, indem er sich als Arzt zu erkennen gab.“

„Oh ja, die waren bei allen tellergroß“, stimmte Anabelle in das Lachen ein.

„Apropos Augen – er wird doch sicher genau so oft wie Sie wegen der ungewöhnlichen Farbe der Iris angesprochen“, vermutete der Busfahrer.

Adriano nickte mit Leidensmiene. „Allerdings. Es kommt auf die jeweilige Tagesform an, wie wir beide darauf reagieren. Manchmal sind wir regelrecht genervt, weil man uns mit aller Macht Gespräche aufzwingen will. Luca ist da erfreulicherweise sehr souverän, was uns viele Worte erspart. Diese Augenfarbe scheinen alle männlichen Mitglieder der Ahnenreihe gehabt zu haben, denn wir haben in den Chroniken einige Hinweise gefunden, dass sie sich deswegen vor der Inquisition verstecken mussten.“

„Umso erfreulicher, dass sie auch weiterhin fortlebt“, stellte die Reiseleiterin zufrieden fest. Und mit einem Blick auf die Uhr: „Es ist für uns höchste Zeit, aufzubrechen.“

Der Abschied war wie immer äußerst herzlich und die beiden baten, Gepetto Andreotti dankbare Grüße auszurichten. Vincenzo gönnte sich das Vergnügen, den Busfahrer mit seiner knallroten Ape zum großen Parkplatz zu bringen, während die Mancini die Reiseleiterin zur Arena begleiteten, wo Treffpunkt der Gruppe war, ehe sie gemütlich nach Hause spazierten.

Luca schaute seinen Papa mehrmals an, sagte aber nichts.

Adriano strich ihm übers Haar. „Wenn du erwachsen bist, darfst du die Chroniken lesen. Sie werden dich mit großem Stolz erfüllen, Teil dieser Ahnenreihe zu sein. Mich macht glücklich, dass du auch Arzt werden willst, wie unser Ahnherr Pietro d'Abano und Unzählige, die nach ihm lebten.“

An Ende des aufregenden Tages lächelte Luca Mama und Papa beim Gutenachtgruß dankbar an. „Ich glaube, ich weiß, was ein echter Mancini ist.“

„Wirklich?“, staunten beide.

„Hmm!“ Er nahm ihre Hände. „Ein richtiger Mancini wird mit allem fertig, egal was passiert, und der hilft anderen, wenn sie in Not sind, weil er weiß, wie man sich da fühlt. So wie ihr das mit Laura gemacht habt. Oder heute mit dem Bus. Gute Nacht!“

„Gute Nacht, Luca. Deine Urahnen wären stolz auf dich, hätten sie diese Worte gehört“, strahlte Adriano.

„Ich bin froh, dass ihm die Sehergabe erspart geblieben ist", flüsterte er, als sie das Zimmer verlassen hatten.

„Ich auch", wisperte Anabelle zurück.

Adriano zog Anabelle auf dem Sofa in seine Arme. „Ziemlich sicher haben meine Eltern die Chronik nie gelesen, die sie einmal sogar als Großvaters Hirngespinst bezeichnet hatten, sonst würden sie wahrscheinlich noch leben. Dass sie sie nicht vernichtet haben, ist einzig der Tatsache zu verdanken, dass sie auf Grund des Alters einen immensen finanziellen Wert darstellt."

„Dein Großvater und du, ihr müsst euch doch ziemlich oft wie Kassandra vorgekommen sein", sagte Anabelle mit fragendem Unterton.

Adriano lachte auf. „Das ist eine geradezu niedliche Umschreibung für unsere sinnlosen Rufe. Und natürlich alles reiner Zufall, dass wir immer recht behalten haben. Meine Freunde haben hingegen stets zu ihrem Vorteil auf meine Einwände reagiert. Und dann kamst du. Die Frau, die sofort gemerkt hat, welche Last ich mit mir herumtrage." Er drückte Anabelle liebevoll an sich. „Mein Großvater hat auch da recht behalten, als er mir als kleinem Bub sagte: Stehe zu allem, was du tust, so du wirst eines Tages das ganze große Glück finden. Du wirst genau merken, wenn es so weit ist, und dann setze alles auf eine Karte. Mir war von Anfang an klar gewesen, dass er keinen Gewinn im Glücksspiel meinte. Von so etwas habe ich mich auch immer ferngehalten, wie der Teufel vom Weihwasser. Dass unser Bus ausgerechnet heute hier ins Spiel kam, ist die Krönung des Wunders, das mir vor zehn Jahren widerfahren ist. Ich liebe dich!"

„Ich liebe dich genau so sehr", flüsterte Anabelle, die leidenschaftliche Umarmung genießend und erwidernd.

Dass wenige Augenblicke später intensive, erfüllende Zweisamkeit im Bett daraus wurde, schloss einen grandiosen Tag perfekt ab. Luca schlief wie ein Murmeltier.

Er träumte von all den Dingen, über die seine Eltern und das Busteam gesprochen hatten. Auch denen, die eigentlich beängstigend waren, wie dem, was seinem Vorfahren Pietro widerfahren war. Lucas Unterbewusstsein spielte sich auf die Variante ein, wo statt dessen Leichnam ein Bildnis von der Inquisition verbrannt worden sei. In seinem Traum breitete sich eine Rauchwolke auf alle damaligen Familienmitglieder aus, in welcher das Antlitz des Toten zu sehen war. Es versprach, Pietro werde als Schutzengel für alle sorgen, die das alte Familienwissen in Ehren hielten und in seinem Sinne tätig waren. Also Gelehrte, wie Ärzte oder Philosophen, zu denen ja Lucas Vater gehörte. Natürlich auch die Mutti, denn die hatte studiert, war also gelehrt und arbeitete mit dem Vati in der Arztpraxis zusammen.

An dieser Stelle stockte der Gedankenfluss, Luca erwachte und fragte sich, warum die Eltern seines Papas beim Erdbeben umgekommen waren, wenn es doch einen Schutzengel gab. Dazu wollte er ihn gleich während des Frühstücks befragen. Er war so auf diesen Gedanken fixiert, dass er glatt vier Gedecke auf den Tisch stellte, wie früher, wenn Laura da war.

Anabelle und Adriano wechselten ein Schmunzeln. Nicht einmal das bemerkte Luca, sodass ihn Adriano ansprach, worüber er nachdenke.

„Über meine Großeltern ... also deine Eltern“, murmelte Luca.

„Wie kommst du gerade heute darauf?“, fragte Anabelle überrascht.

„Ich habe etwas geträumt, das mir keine Ruhe lässt“, antwortete Luca und erzählte sehr detailliert, was er gesehen hatte. Wobei er auch noch die für ihn logische Lösung anfügte: „Sie haben bestimmt etwas getan, wofür sich der Schutzengel abwandte! Denn euch hat er ja wieder geholfen.“

Adriano schaute seinen Sohn dermaßen entsetzt an, weil er seine eigenen Gedanken vom Vorabend mit anderen Worten wiedergab, dass Anabelle gleich mit erschrak.

Luca presste die Lippen aufeinander, zog die Augenbrauen zusammen und flüsterte kaum hörbar: „Sie haben die Chronik für ein Märchen gehalten, stimmt’s?“

Adriano nickte. „Du bist für deine neun Jahre ein verdammt guter Beobachter und ziehst wahrscheinlich die richtigen Schlüsse.“

„Ach! Dann weißt du es auch nicht genau?!“, staunte Luca.

„Stimmt“, gab Adriano unumwunden zu.

Luca schaute ihn an, aber eigentlich durch ihn hindurch. „Ich habe Mamas ganze deutschen Märchen gelesen. Auch die Geschichte von Hänsel und Gretel. Die habe ich Onkel Renato erzählt. Weil … weil … weil Tante Bianca doch immer so böse zu Laura war. Und da hat er gesagt, in jedem Märchen, auch wenn es noch so unglaublich scheint, steckt ein Körnchen Wahrheit.“ Nun lächelte er seine Eltern an. „Ich glaube, sie hätte Laura auch im Wald gelassen, wenn Onkel Renato nicht schneller gewesen wäre und sie zu uns gebracht hätte.“

Anabelle nahm Luca ganz fest in die Arme, was ihm Antwort genug war.

„Wenn ich groß bin, werde ich Laura heiraten und immer auf sie aufpassen!“, schwor Luca, sich wieder seinem Essen zuwendend. Jetzt bemerkte er auch erst den vierten Teller, grinste vergnügt, zuckte mit den Schultern und aß gemächlich weiter.

Adriano und Anabelle schmunzelten, denn genau so war es wohl vom Schicksal vorbestimmt, wenn auch vielleicht über Umwege.

III.

Gepetto und Renato erfuhren natürlich umgehend, dass Luca jetzt schon einen Teil des Familiengeheimnisses ganz allein gelüftet habe. Adriano sparte auch den Schwur nicht aus. Beide Freunde rieben sich vergnügt die Hände. „Sind wir darauf nicht schon alle ein bisschen vorbereitet?"

Die Einzige, die nichts davon erfuhr, war Laura selber. Luca war kein Schwätzer und die Erwachsenen sahen keinen Grund, die Information weiterzutragen.

Da die Belzoni in einem anderen Viertel wohnten, besuchten die Kinder unterschiedliche Schulen und so blieb ihnen manchmal nur das Telefon, um in der Woche Kontakt zu halten. Aber das taten sie mit der Präzision eines Schweizer Uhrwerks, denn Luca fragte an solchen Tagen 17:30 Uhr nach, ob bei Laura alles in Ordnung sei, wenn sie sich nicht vorher bei ihm meldete.

Papa Renato tat alles, um Laura glücklich zu sehen. So zückte er auch schnell einmal das Portmonee oder ließ Beziehungen spielen, um ihr Wünsche zu erfüllen. Zumal die Bitten bodenständig und gut durchdacht waren, denn Anabelles Erziehung hatte die besten Früchte getragen, wie Renato immer wieder voller Dankbarkeit kundtat. Kleinkram finanzierte Laura vom Taschengeld, wobei ihr Luca, ohne Worte darüber zu verlieren, oft das Gewünschte in besonders guter Qualität zum Geschenk machte. Adriano, der das jedes Mal vorhergesagt hatte, grinste stets vergnügt, wenn Anabelle mit lustig verdrehten Augen seufzte: „Der ganze Papa!"

Der meinte dann nur kichernd: „Investitionen in die Zukunft", wobei er auf Anabelles Armbanduhr tippte. Die war noch immer ihr Lieblingsstück und funktionierte tadellos.

Je älter Luca wurde, umso mehr Mädchen interessierten sich für ihn, was die stille Laura mit Sorge und mit beginnender Eifersucht beobachtete. Er war äußerlich die glatte 1:1 Kopie seines Vaters in gleichem Alter und das ultimative Objekt der Begierde, weil zum Aussehen mit den magischen haselnussbraun strahlenden Augen der finanzielle Hintergrund und der Bekanntheitsgrad der Eltern kamen.

Von Anabelle darauf angesprochen, zuckte Luca mit den Schultern. „Hühner." Er hatte keinen Bock, sich von seinem Ziel, Medizin zu studieren, ablenken zu lassen. Die gewünschte Fachrichtung kristallisierte sich auch schon heraus – er wollte Internist werden. Mario hatte ihn eines Tages gefragt, warum er nicht Schönheitschirurg werden wolle, wo man doch damit richtig fett Kohle scheffeln könne.

„Ich will Arzt werden, um Menschen zu helfen, gesund zu werden oder zu bleiben, und nicht, um sie nach ihren kruden Vorstellungen zu verstümmeln!", hatte Luca zu Marios großem

Erstaunen geantwortet. „Hast du dir mal die Silikondamen im Internet angesehen?“, setzte Luca nach. „Schlauchbootlippen, die eher wie ein Pavianhintern aussehen, Augen, die sie nicht mal richtig schließen können, weil sonst die überstraffte Haut weg platzt, und Brüste, die als entartete Fender aus einem Hafen stammen könnten. Nein, mein Lieber, solche Spiele nicht mit mir!“

„Du wirst dich wohl in Padua einschreiben müssen“, überlegte Adriano laut, als Luca die Schule mit einer glatten Eins abgeschlossen hatte.

Luca stimmte zu. „Das ist meine Traum-Uni, weil gut zu erreichen. Mit dem Motorrad anderthalb Stunden, mit dem Zug eine dreiviertel Stunde. Plus die Wege zum und vom Bahnhof. Ich müsste mir nicht mal eine Studentenbude mieten. Eine Jahreskarte für die Öffis ist sicher preiswerter zu haben.“

„Ich hätte eher gedacht, du willst, so schnell es geht, ein Auto haben“, atmete Anabelle auf.

„Aber nicht doch!“, kam es aus Lucas tiefstem Inneren. „Ich habe mich übrigens schon da eingeschrieben.“

„Geheimniskrämer“, brummte Adriano gespielt verstimmt. Die stolz leuchtenden Augen straften ihn Lügen. Er hatte gewusst, dass es genau so kommen werde.

„Kann man dich überhaupt mit irgendwas überraschen?“, fragte Luca grinsend.

„Ich denke schon, denn ich bin nicht allwissend“, lachte Adriano vergnügt. Er dachte da besonders an die Ferienarbeit, die Luca verrichtete, ohne darüber zu sprechen. Seine Hilfe wurde in den Werkstätten von Antonio und Gepetto gern angenommen, weil er beim Autowaschen schnell, aber gründlich war. Er wusste bestens, was die automatischen Anlagen nur kurz streiften, und bereitete diese Stellen perfekt vor.

„Tut mir fast schon leid, dass du keine Lehre bei mir machen wirst“, sagten beide übereinstimmend und freuten sich sehr, wenn Luca in den nächsten Ferien wiederkam. Selbst verdientes Geld fühlte sich gut an und man musste nicht ständig bei Papa betteln, wenn man Sonderwünsche hatte. Er fuhr sogar bei Wind und Wetter mit dem Rad zu seinen Ferienjobs, um kein Geld für den Bus ausgeben zu müssen. Sein großer Traum war eine besondere Harley, auf die er jetzt schon sparte.

„Da hat er sich ja was vorgenommen“, seufzte Anabelle, „wobei ich ihn gut verstehen kann.“

Laura strahlte über das ganze Gesicht, als sie von Lucas Studien-Entscheidung erfuhr. Sie hatte befürchtet, er werde in die Ferne ziehen, für die nächsten sechs Jahre da bleiben und vielleicht mit einer Frau nach Hause zurückkehren. Nun wuchs die Hoffnung, dass er ihr auch weiterhin Zeit widme, denn er war ein wundervoller Gesellschafter.

Vielleicht bemerkte er eines Tages ja sogar, dass sie ihm schöne Augen machte, ohne dabei aufdringlich zu sein. Luca hatte feste Prinzipien. Von denen wich er auch nicht ab. Unwahrscheinlich, dass er auf ihre Blicke reagierte, solange sie nicht mindestens 16 war. Wenn er sie im Augenblick tröstend in den Arm nahm, fühlte sie deutlich, dass er es als großer Bruder tat. Andere, die sich eine innige Umarmung von ihm gewünscht hätten, kamen nie in den Genuss, wie sie dann mit einer gewissen Genugtuung, die manchmal schon an Schadenfreude grenzte, feststellte.

Ein paar Wochen bevor er zu den ersten Vorlesungen fuhr, verkündete Laura voller Freude: „Ich reise am Samstag mit unserer Theatergruppe nach Venedig".

Luca wurde blass. „Bitte tu es nicht", flüsterte er mit tonloser Stimme.

„Tut mir leid. Ich habe fest zugesagt", erklärte sie. „Ich kann nicht plötzlich den Auftritt abblasen. Schon, weil keine andere meinen Part wirklich perfekt übernehmen könnte."

Luca atmete tief durch. Er wusste, dass auf Laura immer Verlass war, und sie um nichts in der Welt, ihre Schauspielkollegen enttäuscht hätte. Wie hätte er ihr auch erklären sollen, dass er unbestimmte Ahnungen in Form von Alpträumen habe, die jene Reise betrafen. Er beschloss, dem Schicksal anders in den Rachen zu greifen. „Wo trefft ihr euch?"

„Ich muss vier Uhr am Bahnhof sein", erwiderte Laura. „Das heißt, ich werde Freitag mit meinen Klamotten zu euch kommen, und von hier aus starten."

Luca nickte erfreut. „Ich bringe dich hin. Erstens, weil es um die Zeit noch finster, wie in einem Bärenhintern, ist. Und zweitens, weil du einen Gepäckträger sicher nicht ablehnen wirst."

„Prima! Das ist lieb von dir!", jubelte Laura.

Luca sprach, um seinen schnell gefassten Plan nicht zu gefährden, das Thema Venedig die ganze Woche über nicht mehr an. Die Eltern waren noch bis Sonntag im Urlaub und sie konnten sich darauf verlassen, dass er die Vierzehnjährige nicht zu irgendwelchen Dummheiten verleiten würde, genau wie er sich nicht verleiten lassen würde.

Luca stellte schon am Freitagmorgen alle Uhren im Haus um eine Stunde zurück, wobei er natürlich sein Handy nicht vergaß. Sogar den Laptop manipulierte er. Laura fiel das gar nicht auf, zumal Luca auch noch ihre Armbanduhr umstellte, die sie zum Duschen in ihrem Zimmer abgelegt hatte. Nun hatte ausschließlich ihr Handy die exakte Zeit, die er mit unzähligen Pseudo-Beweisen als falsch deklarieren konnte.

Laura kam aus dem Bad und lauschte. „Hast du das auch gehört? Das klang gerade wie euer Hoftor!"

Luca sprang auf, eilte ans Fenster und staunte: „Das sind meine Eltern! Was machen die denn schon hier?" Er rannte die Treppe hinunter, während Laura am oberen Ende stehenblieb.

Adriano kurbelte bei Lucas Anblick die Scheibe herunter. „Wir müssen reden! Ich habe böse Vorahnungen!"

Luca hielt den Finger vor den Mund. „Pssst! Laura ist oben. Ich habe ihretwegen alle Uhren manipuliert, weil ich regelrechte Bauchschmerzen vor Sorge habe! Sie gehen jetzt eine Stunde nach, also nicht wundern, denn ich habe alles umgestellt. Wir müssen sie nur noch von Radio und Fernseher fernhalten."

„Ohhh haaa!" Das war alles, was Anabelle herausbrachte.

„Woher weißt du ...? Ach, das klären wir später." Adriano rieb sich die Hände. „Perfekt!" Er fuhr direkt in die Garage, wo beide ebenfalls sofort ihre Uhren und Handys zurückstellten.

„So viel zum Thema: Von der Sehergabe verschont geblieben", murmelte Anabelle. „Haben wir irgendwas in der Chronik übersehen?"

„Höchstens falsch interpretiert", seufzte Adriano.

„Hallo Laura!", rief Anabelle die Treppe hinauf. „Alles im grünen Bereich?"

„Bei mir schon. Und bei euch?"

„Uns hat der Dauerregen vertrieben", erklärte Adriano. „Ehe uns Schwimmhäute zwischen den Zehen wachsen, sind wir lieber getürmt. Dass wir euch damit erschrecken, war nicht im

Plan gewesen. Und ich habe Hunger, wie ein Bär.“

Luca spähte in den Kühlschrank. „Wir könnten einen gemütlichen Raclette-Abend veranstalten. Mein Magen hängt auch in den Kniekehlen.“

„Au fein!“, freute sich Laura, sofort das Gerät auf den Tisch stellend.

„Bereitet ihr schon mal vor, ich muss mit Luca noch mal zum Auto“, rief Adriano. Kaum waren sie dort allein, forderte er: „Rede!“

„Ich habe seit drei Tagen fürchterliche Alpträume. Ich sehe einen Zug entgleisen, höre Schreie und wache auf. Am Dienstag hat mir Laura mitgeteilt, dass sie morgen mit ihrer Theatertruppe per Zug nach Venedig will. Seitdem habe ich Magenkrämpfe bei Tag und den immer gleichen Alptraum drei Mal pro Nacht. Jetzt, wo ihr da seid, bin ich sicher, das Richtige getan zu haben.“

„Hast du! Alles andere bereden wir morgen, wenn dein Plan aufgeht und Laura von offizieller Stelle erfahren wird, warum du ihn durchgeführt hast. Schnapp dir die Decke und trag sie in die Wäschekiste, damit wir nicht auffliegen“, blinzelte Adriano.

„Ich hatte schon Sorge, du würdest mich für schizophren halten“, seufzte Luca.

„Weit davon entfernt, mein Junge!“, erwiderte Adriano mit zufriedenem Lächeln.

Die Damen hatten inzwischen den Tisch vollständig bestückt und es wurde ein lustiger Abend. Lauras Müdigkeit durch die Stunde Zeitversatz deklarierte Anabelle als große Vorfreude wegen der Theateraufführung, von der Laura voller Freude erzählte.

„Wecker gestellt?", fragte Adriano, wie immer, wenn große Dinge anstanden.

Laura nickte heftig. „Wir müssen ja erst halb vier den Bus nehmen. Dann ist immer noch reichlich Zeit."

„Ich habe euch Essen gemacht", sagte Anabelle am nächsten Morgen und gähnte herzhaft, wegen der ungewöhnlich frühen Stunde.

„Danke, wir liegen gut in der Zeit", strahlte Laura.

Anabelle nickte, wobei sie dachte: *Wenn du wüsstest!* Sie ging auch sofort wieder ins Bett und zeigte auf Adrianos fragenden Blick nur den erhobenen Daumen. Kurz darauf klappte schon die Wohnungstür. Dass der Bus um die Tageszeit nur alle zwei Stunden fuhr, war eine weitere günstige Fügung, die Luca eingerechnet hatte.

„Wo bleibt der denn?!", fragte Laura mit gerunzelter Stirn, als fünf Minuten nach Fahrplantermin noch nicht einmal in der Ferne, Scheinwerferlichter zu sehen waren.

„Ich rufe ein Taxi!" Luca zückte sein Handy und führte ein imaginäres Telefonat. „Was?! Sie haben jetzt niemanden, der hierher kommen kann?!"

„Oh nein!" Laura träten Tränen in die Augen. „Selbst, wenn wir deinen Vater bitten, schaffen wir es nicht mehr!" Da klingelte auch schon Lauras Handy. Sie erklärte, dass der Bus nicht gekommen sei und kein Taxi zur Verfügung stehe, zog mehrmals die Nase hoch und steckte schließlich das Handy wieder ein.

Luca drückte sie tröstend an sich, nahm die Taschen auf und führte sie zu sich nach Hause zurück. Adriano öffnete ihnen die Tür, denn er hatte inzwischen alle Uhren auf Normalzeit zurückgestellt. Luca blinzelte, Laura hob traurig die Schultern und wischte mit dem Taschentuch die rotgeweinten Augen trocken. „Der Bus ist nicht gekommen und es war auch kein Taxi zu haben. Dabei hatte ich mich so sehr auf den Ausflug gefreut."

„Ich brauche einen Espresso", seufzte Luca, den Automaten frisch bestückend. „Cappuccino?", wandte er sich kurz an Laura.

„Bitte Kakao, ich bin völlig fertig."

„Oh je, das sieht man." Anabelle nahm Laura in den Arm.

Adriano schaltete das Radio ein, um die aktuellen Tagesnachrichten zu hören, als das laufende Programm wegen einer Eilmeldung unterbrochen wurde. „Heute Morgen, gegen 4:40 Uhr ist es auf der Strecke Verona - Venedig zu einem folgenschweren Zugunglück gekommen. Es gibt dutzende Schwerverletzte, die in die umliegenden Krankenhäuser geflogen wurden. Zum genauen Unfallhergang ist noch nichts bekannt, nur, dass mehrere Waggons entgleisten und umkippten. Es wird derzeit in den Trümmern nach weiteren Überlebenden gesucht."

Laura fiel die Kakaotasse aus der Hand, ein brauner See ergoss sich über den halben Tisch. „Das ... das ... das ... i ... ist der Zug gewesen, den ich verpasst habe! Oh, mein Gott! Und Luca hatte mich am Anfang der Woche gebeten, nicht zu fahren. Ich habe einfach nicht auf ihn gehört! Danke, danke, danke, lieber Schutzengel!" Sie half Anabelle, das angerichtete Chaos zu beseitigen, wobei sie sich immer wieder dafür entschuldigte. Dann traf ihr Blick den von Adriano. Sie erstarrte regelrecht. „Jetzt ahne ich, warum ihr eher nach Hause gefahren seid! Du hast gewusst, dass der Bus ausfallen wird und deshalb nichts gesagt!"

Adriano schüttelte den Kopf. „Der Bus ist nicht ausgefallen. Luca hatte tagelang die gleiche Vision wie ich und als wir kamen, schon die Uhren zurückgestellt, damit du ihn verpasst."

„Deswegen bin ich ihnen gestern entgegengelaufen, damit sie ihre Uhren auch verstellen, solltest du zufällig auf dein Handy schauen. Wobei es mich entsetzte, dass mir mein Vater zu verstehen gab, dass ich richtig gehandelt habe und mich nicht irrte. Der Raclette-Abend war auch aus dem Stegreif erschaffen, damit du aus den elektronischen Medien nicht die exakte Zeit erfährst. Ich habe auch kein Telefonat mit der

Taxigesellschaft geführt", gab Luca zu, ihr die Liste der letzten Anrufe präsentierend.

Laura schaute auf ihre Armbanduhr und ihr Handy. Die Uhr zeigte noch immer die Zeit, die Luca heimlich eingestellt hatte, das Handy die exakte.

Sekunden später rief Renato an, völlig aufgelöst, in absoluter Panik. Er sprudelte regelrecht heraus: „Lauras Zug ist verunglückt und sie haben sie noch nicht gefunden!"

„Ihr geht es gut. Sie ist bei uns", sagte Adriano, worauf ein Freudenheuler erschallte, der ihm die Ohren klingen ließ.

„Ich bin gleich bei euch!"

„Mach ... langsam wollte ich noch sagen." Adriano legte den Hörer auf, weil Renato wohl einen Kondensstreifen hinterlassen haben musste, als er zum Auto rannte.

Ein paar Minuten später lagen sich Vater und Tochter in den Armen und diesmal wischte Renato Tränen der Erleichterung ab. Als Laura erzählte, man habe sie mit tausend Tricks an der Abreise gehindert, wollte er Adriano danken.

Der zeigte auf Luca. „Er war's! Bei mir trifft zu: Liebe macht blind. Bei ihm versetzt sie ganze Berge. Mir wäre solch eine bühnenreife Show gar nicht eingefallen! Ich hätte eher auf Knien gebettelt, mir Glauben zu schenken. Ich habe deshalb beschlossen, ihm sofort die Chronik freizugeben und nicht erst, wenn er volljährig ist."

„Das machst du richtig!", rief Renato begeistert. Und an Luca gewandt: „Du hast bei mir einen riesengroßen Wunsch frei. Einen ganz riesengroßen."

„Aber den muss ich nicht gleich äußern?", erschreckte sich Luca.

Alle lachten. Renato am meisten. „Nein, den kannst du dir in Ruhe überlegen."

Anabelle schob Renato einen großen Espresso zu. „So, nun setze und beruhige dich erst mal. Luca kann dir gleich noch mal berichten, was alles geschehen ist."

Der tat es auch sofort. Renato hob den Zeigefinger. „Ich kann mich ganz lebhaft an den Tag erinnern, als du Laura von Venedig abhalten wolltest. Sie erzählte beim Abendbrot: Ich weiß gar nicht, was los ist? Luca freut sich doch sonst über jeden kleinen Erfolg, den ich habe, und sagt stets, mach es einfach. Wäre der Name Adriano gefallen, wäre ich sofort stutzig geworden. Dabei ist mir nicht mal in den Sinn gekommen, dass ihr ja im Urlaub wart, und gar nichts hättet dazu sagen können." Plötzlich wurde er fahrig. „Großer Gott! Ich muss doch noch anrufen, dass sie die Suche nach Laura abbrechen!" Er meldete es, mit der Bemerkung, dass sie am Morgen den Bus verpasst habe und deshalb gar nicht an Bord gewesen sei.

Dass dies auch die offizielle Version sein werde, und bleiben müsse, wusste Laura nur zu gut, und akzeptierte es, ohne zu murren. Es war das erste Mal, dass sie bewusst das Eintreten der Prophezeiung eines Mancini erlebte. Sie nahm sich vor, besonders als Bitten geäußerte Ratschläge Lucas sofort zu hinterfragen.

Da es sich um die Tochter eines bekannten Rechtsanwaltes handelte, und dieser jegliche Berichterstattung zur glücklichen Fügung unterband, wagte es sich auch keine Gazette, auf anderem Weg zu einem Interview mit Laura zu kommen. Die siebenköpfige Theatergruppe hatte komplizierte Knochenbrüche, Prellungen, Quetschungen und Schürfwunden erlitten. Dass Laura einen Schutzengel haben musste, wie sie oft halb im Scherz behauptete, schien für die Mitglieder nun ganz der Wahrheit zu entsprechen.

In der Woche darauf erklärte sie den Mancini: „Ich habe, glaube ich, wohl auch ein Geheimnis entdeckt, das mit Adriano zusammenhängt. Es geht dem großen Freundeskreis und deren Firmen so gut, weil er ihnen Ratschläge gibt, die auf offene Ohren treffen.“

„Volltreffer!“, bestätigte Adriano vergnügt.

„Vielleicht sollte ich später Psychologie studieren“, murmelte sie im Tonfall einer Frage.

„Auf gar keinen Fall!“, kam wie aus der Pistole geschossen als dreistimmiger Chor.

Laura riss die Augen auf. „Dann werde ich Rechtsanwältin und setze mich für vernachlässigte Kinder ein!“

„Genehmigt!“, erklang es völlig synchron.

Laura blies die angehaltene Luft aus und wischte sich theatralisch über die Stirn.

Adriano blinzelte ihr verschwörerisch zu. „Da musst du dich sowieso mit Psychologie beschäftigen."

„Aber im Sinne der Schutzengel", überlegte Laura laut, worauf alle nickten. „Was würde passieren, wenn ich Tierärztin werden wollte?"

„Da würde nur dein Pa nicht 100 Prozent glücklich sein. Aber es ist dein Leben, du musst deine Bestimmung selber finden", erklärte Luca.

„Dann bleibe ich bei Variante eins, denn da kann ich auch für Tiere kämpfen", legte sich Laura fest.

„So könnte es sein!", sagte Adriano verschmitzt lächelnd.

Laura lachte herzlich.

In der Woche vor dem Studienbeginn feierte Luca seinen 18. Geburtstag. Er hatte nur die engsten Freunde in den rustikalen Partykeller des Elternhauses eingeladen. Mutter und Vater hatte er schon direkt an jenem Tag zum Abendessen bei Vincenzo ausgeführt. Zusammen mit Mario und Laura waren es nun gerade mal fünf Personen.

Die Krone des Ganzen sollte aber eine dreitägige Motorradtour mit Mario zum Misurinasee werden. Die beiden teilten schon lange die Motorradleidenschaft ihrer Väter, wobei sie ausschließlich zu zweit auf Marios Motorrad Touren unternahmen, weil Luca bis dato noch keine großen Maschinen fahren durfte. Gepetto war es recht, zumal der ruhige Luca den wilden Mario etwas zügelte und auf Ordnung achtete.

So hatte er, wahrscheinlich auch durch eine gewisse Gabe des Vorhersehens, die immer deutlicher zutage trat, seinen Kumpel vor einer saftigen Geldbuße bewahrt und ihn nach der Kontrolle noch einmal zurechtgestutzt. „Du weißt doch genau, dass sie dein Motorrad für ganze 60 Tage beschlagnahmen können, wenn der Helm nicht gesetzeskonform ist!“

„Ja, weiß ich“, hatte Mario kleinlaut gebrummelt. „Beim zweiten Mal sogar für 90 Tage.“

„Dann halte dich gefälligst dran! Oder ist das wirklich so schwer?“, schnaufte Luca.

Mario hatte ihn zu Beginn der Tour schlechtgelaunt angenörgelt, als sich Luca weigerte, aufzusteigen, weil Mario weithin sichtbar einen verbotenen Helm trug. Widerwillig hatte der ihn dann gewechselt und war dankbar gewesen, als sie in die Kontrolle kamen.

Im Augenblick überrechneten sie gerade, wie viel Gepäck sie noch auf Marios Harley unterbringen konnten, als Adriano im Keller erschien. „Luca, kannst du mal hochkommen? Dein Typ wird verlangt.“

„Schon unterwegs!“

Auf dem Hof stand ein Kleintransporter, aus dem ihm Renato vergnügt angrinste. „Alles Gute nochmal persönlich zum Geburtstag! Ich habe nur das Geschenk für dich nicht in die

Aktentasche bekommen." Er deutete mit dem Daumen hinter sich und stieg aus.

„Wie jetzt?", murmelte Luca, ihm zur Hecktür folgend.

Neugierig spähte er in den Laderaum. Der war leer und keine Spur von einem Paket. Nun, nicht ganz leer – mittendrin war eine blutrote Harley verzurrt, die Marios Maschine zum Verwechseln ähnlich sah, und fabrikneu nach Leder duftete. Renato und Adriano begannen bei Lucas Mienenspiel schallend zu lachen.

„Ich habe doch gesagt, du hast einen riesengroßen Wunsch frei!", kicherte Renato. „Und ich weiß aus berufenem Mund, dass du schon lange genau dieses Maschinchen ins Auge gefasst hast."

Luca fiel Renato mit einem Jubelschrei um den Hals, welcher die anderen aus dem Keller lockte. Das standen sie mit tellergroßen Augen und staunten. Nicht einmal Laura hatte gewusst, welche Überraschung ihr Vater plante.

Mario schüttelte immer wieder den Kopf. „Die ist mit meiner fast identisch! Genau genommen kann man sie nur am Tankdeckel auseinanderhalten!" Sein Motorrad hatte den silbernen Verschluss mit Totenkopf, diese hier den dreifarbigen mit Stern in der Mitte.

„Ich bin sprachlos", flüsterte Luca, die Freudentränen einfach laufen lassend. „Das ist doch Wahnsinn als Geschenk!"

„Keine Sorge, deine Eltern haben sich daran beteiligt“, schmunzelte Renato.

„Von uns ist die Hupe“, kicherte Adriano vergnügt, während Luca alle fest umarmte und immer wieder das rote Wunder mit einem Blick anschaute, als könne es sich plötzlich in Luft auflösen.

„Überraschung gelungen“, rieb sich Anabelle die Hände.

„Aber so was von!“, jubelte Luca. „Kommt alle mit runter!“

„Geht klar, wir laden das Prachtstück morgen früh aus“, blinzelte Renato, sich damit praktisch für eine Nacht einmietend.

„Keine Probefahrt?“, staunte Mario.

„Nicht mit Alk intus“, erwiderte Luca.

„Das liebe ich an dir“, freute sich Renato. „Prinzipienfest, dass es manchmal fast schmerzt, aber immer auf den Punkt richtig.“ Er parkte den Transporter in der Ecke des Hofes neben der Garage.

Die Anwesenheit der Neuankömmlinge tat der guten Laune der Feiernden keinen Abbruch. Für Laura hatte Luca alkoholfreien Sekt besorgt und ihre Drinks waren ebenfalls mit null Promille gemixt.

„Da lässt er auch nicht mit sich reden“, bestätigten die Freunde. „Wenn es heißt null, dann ist das so. Und wenn es heißt, Helm nach Norm, dann ist auch das so“, stichelten sie lustig gegen Mario.

Der verdrehte die Augen gen Himmel. „Sankt Luca hat mir nicht nur da den Hintern gerettet.“

„Ähhhh, lässt sich mein Heiligenschein abschalten?“, wandte sich Luca an seinen Vater, der herzhaft lachte.

„Nicht wirklich. Ich habe auch immer Angst, dass meine Gloriole andere blenden könnte“, witzelte er. „Vielleicht findest du ja was zum Thema in der Chronik, das mir entgangen ist.“

„Im Augenblick lese ich da die vielen Ratschläge, wie man sich vor der Inquisition verbirgt“, erwiderte Luca. „Es ist widerlich, was Menschen für Bestien sein können. Bei einigen Stellen hat sich mir buchstäblich der Magen umgedreht. Aber ich bleibe tapfer dran.“ Und er fügte hinzu, ehe Adriano etwas sagen konnte: „Ich betrachte es als Lehrstoff für die pathologische Praxis beim Studium, um es mental überhaupt ertragen zu können.“

„Das ist sehr gut. Nun verstehst du sicher auch, weshalb die Chroniken bisher für dich tabu waren“, sagte Adriano.

„Oh ja. Das ist verdammt harter Stoff, der schlichte Gemüter voll aus den Socken hauen könnte“, bestätigte Luca. „Lasst uns lieber auf all das Gute anstoßen, was unserer Ahnenreihe zugekommen ist! Auf Pietro und sein Vermächtnis!“ Er hob sein Glas und alle prosteten ihm zu.

Adriano strahlte mit den Kerzen auf dem Tisch um die Wette. Deren eine, nämlich jene, genau vor Luca, plötzlich für einen Moment besonders hell aufleuchtete.

Renato stellte mit einem Ruck sein Glas ab. „War das jetzt wirklich Zufall? Mir läuft es eiskalt, aber schön, den ganzen Körper hoch und runter!" Er wies sogar seine Arme vor, auf denen eine deutliche Gänsehaut zu sehen war.

„Wer weiß?", sagten da Luca und Adriano mit völlig identischer Stimmmodulation, worauf sich auch bei allen anderen die Härchen an den Armen aufrichteten.

„Wow!", hauchte Mario.

„Haben sie dich jetzt offiziell in den Kreis der Wissenden aufgenommen?", wisperte Laura.

„Wer weiß?", sprachen Vater und Sohn erneut völlig synchron.

„Wow!", wiederholte Mario, seinen besten Freund Luca regelrecht scheu musternd.

Laura zierte ein Mona Lisa Lächeln – ein bisschen wissend, ein bisschen amüsiert, zugleich tief zufrieden. Anabelle stupste Adriano an, der kaum merklich nickte. Ja, er hatte auch begriffen, dass sie stets die richtigen Schlüsse zog. Renato ruhte in seinem Mittelpunkt. Ganz Überzeugung, heute genau das Rechte getan zu haben. Es fühlte sich rundum gut an.

„Mach du auf unserer Tour den Pacemaker, damit du dich in Ruhe auf die Harley einspielen kannst", knüpfte Mario das lange unterbrochene Gespräch nun an. „Einer bekommt das Zelt aufgeladen, der andere Kocher und Lebensmittel.

Coole Sache, dass wir nun nicht jedes Stück nachwiegen müssen, um keinen Ärger mit Vater Staat zu bekommen." Die beiden anderen Freunde feixten sich eins. Mario, der das sah, grinste: „Ja, ja, auch etwas, das mir Luca mit finsterem Gesicht drei Mal erklärt hat. Und, dass ich auf einer Maschine, in deren Papieren nicht explizit ein Sozius vermerkt ist, niemanden mitzunehmen habe."

„Nur gut, dass nicht alle auf mich hören", feixte Luca. „Renato will ja schließlich auch leben."

Das einsetzende Gelächter hörte man bestimmt noch in der Altstadt. Gegen 23 Uhr begannen alle, gemeinsam aufzuräumen, den Geschirrspüler zu bestücken und sich langsam zu verabschieden. Luca schaltete das Gerät an, schaute sich noch einmal um, ob alles seine Ordnung habe, löschte das Licht und schloss die Tür. Beim Frühstück am nächsten Morgen zwang er sich zur Ruhe, obwohl es ihm regelrecht in den Fingern kribbelte, sein neues Fahrzeug zu testen.

„Deine Beherrschung möchte ich haben!", staunte Laura.

Luca schmunzelte. „Man kann es trainieren."

Laura schnitt ihm über den Rand der Tasse hinweg eine lustige Grimasse.

„Wann hast du eigentlich deine Fahrprüfung für die kleinen Maschinen?", fragte Adriano.

„Nächste Woche", gab Laura bekannt.

„Und wie stehen die Aktien?“, bohrte Adriano weiter.

Laura lächelte vergnügt. „Dank der zusätzlichen Übungen mit Lucas KTM hier im Hof ziemlich gut. Er hat mir auch dafür viele nützliche Tipps gegeben.“

Jetzt machten Renato und Adriano große Augen. „Mit Lucas KTM? Kommst du da überhaupt mit den Füßen bis runter?“ Von den Praxisfenstern aus, war der Hof nicht einsehbar. So hatten sie das ‚freie Training‘, wie es Luca soeben bezeichnete, nie bemerkt.

„Ich habe sie umsatteln lassen und tausche jedes Mal den Sitz, wenn Laura üben möchte“, verriet Luca. „Man könnte sie mit den Veränderungen sogar als verkehrstüchtig eintragen lassen.“

„Ich kaufe sie dir ab, falls du sie nun loswerden möchtest“, meldete sich Renato.

„Na, das wäre ja noch schöner!“, schimpfte Luca. „Wenn, dann schenke ich sie Laura. Tz, tz, tz!“

„Wirklich?!“ Laura schaute ihn ungläubig an.

„Ganz wirklich. Nur eintragen lassen müsst ihr die Änderungen selber“, erklärte Luca.

„Gerne doch!“, strahlte Renato, weil Laura total aus dem Häuschen war.

Die vergaß auch völlig ihre sonstige Zurückhaltung und hauchte Luca einen Kuss auf die Wange. „Das musste jetzt sein“, rief sie überschwänglich, „sonst würde ich an Herzdrücken sterben!"

„Kann ich verstehen", blinzelte Anabelle. Luca blinzelte zurück.

Dann war es endlich soweit, Lucas neues blutrotes Prachtexemplar auszuladen. Um kein Risiko einzugehen, legte er sogar eine Rampe an. Kaum stand die Harley auf dem Hof, schlich er wie ein Tiger, der Beute belauert, um sie herum. Ein Seufzer in höchster Verzückung. Eine Weile nichts. Dann noch einmal ein tiefer, tiefer Seufzer. „Ich bin glücklich."

„Ist vollgetankt", lockte Adriano.

„Bis zum ersten Stadttor und zurück", flüsterte Luca. „Ich sterbe sonst auch an Herzdrücken." Er holte Helm und Führerschein, dann startete er die Maschine.

Laura hatte inzwischen das Hoftor zur Hälfte per Hand geöffnet. Nun stand sie auf dem Gehweg und schaute ihm hinterher. Lucas Lächeln überstrahlte sogar die Sonne, als er das Prachtstück von Harley in die Garage schob. Er deutete auf die KTM, worauf Laura ihren Helm von der Wand abhakte und ein paar Runden über den Hof drehte. Beweis, dass sie die Prüfung nur durch ganz widrige Umstände vergeigen werde. Luca holte die Papiere. Renato setzte gleich einen Vertrag auf, den er hieb- und stichfest den Behörden vorlegen konnte.

„Wenn du den Schein hast, fahren wir an den Wochenenden kleine Touren“, versprach Luca Laura.

Renato atmete auf. „Wenn du auf den ersten weiten Fahrten dabei bist, ist mir wohler.“

Luca half ihm, die KTM in den Transporter zu laden, wo er sie eigenhändig festzurrte.

Laura drückte ihn noch einmal an sich. „Pass gut auf dich auf und mache ein paar Fotos von eurer Tour.“

„Ich werde beides nicht vergessen“, versprach Luca.

Als die Belzoni den Hof verlassen hatten, standen die Mancini in der Garage und Luca streichelte den roten Lack. „Ich hätte mir, und auch das schon mit schlechtem Gewissen, höchstens eine neue Lederkombi gewünscht“, murmelte er. „Ich bin immer noch halb im Schockzustand.“

Adriano legte ihm die Hand auf die Schulter. „Das glaube ich dir gern. Aber nun kannst du ermessen, was es ihm bedeutet, dass du Laura vor Schaden bewahrt hast. Einem, der Mädchen, mussten sie ein Bein amputieren, ein Junge hat mehrere Finger eingebüßt. Ein drittes Mitglied der Theatergruppe lag wochenlang im Koma.“

„Dass du für Laura seitdem zum Halbgott aufgestiegen bist, hast du sicher schon lange bemerkt“, sagte Anabelle.

„Habe ich“, erklärte Luca mit mildem Lächeln. „Ich will es ihr und mir nur nicht schwer machen, indem ich darauf wirklich reagiere. Da muss sie noch ein bis zwei Jahre warten. Mein Schwur vor langer Zeit hin oder her."

„Du erinnerst dich ...?", staunte Anabelle.

„Ja klar! Habe ich jemals ein Versprechen gebrochen?"

„Nie!", bekräftigte Adriano.

IV.

Luca stellte zusammen, was er auf der Ausfahrt mit Mario benötigte.

„Passt das alles in deine alten Boxen und die ans neue Motorrad?", fragte Anabelle besorgt.

„Ein Mal geht das schon", beruhigte Luca sie. „Ich bringe die Verlängerungsriemen so an, dass sie erst zu sehen sind, indem man die Taschen abnimmt. Ich werde mir aber sofort die passenden kaufen, wenn wir wieder da sind. Es ist hilfreich, mitdenkende Freunde zu haben, denn nun kann ich mindestens die Hälfte über die Geburtstagsgutscheine finanzieren."

„Gute Fahrt!", wünschten die Eltern, als Luca am Morgen den Hof verließ. Mario werde sicher schon an der kleinen Brücke auf ihn warten. Dort verbanden sie die Kommunikationssysteme der Helme miteinander und zogen los.

Als sie den Gardasee erreichten, fragte Luca plötzlich: „Was hältst du davon, wenn wir statt Misurinasee die Seiser Alm ansteuern?"

„Hä?", machte Mario überrascht. Nach ein paar Sekunden kam die Frage: „Wegen der Fahrzeit, die dahin eine Stunde kürzer ist?"

„Nein, die dreieinhalb Stunden machen mir nichts aus, ich habe einfach nur ein komisches Gefühl."

„Ooooops! Dann lieber Seiser Alm! Ich laufe bestimmt nicht absichtlich ins offene Messer, vor dem man mich warnt. Ab zur Alm!", rief

Mario, der zeitgleich das gleißende Flämmchen der Geburtstagskerze vor seinem inneren Auge sah.

„Hast du dich eigentlich schon entschieden, was du nach dem Studium machst?“, wollte Luca nebenbei von seinem zwei Jahre älteren Freund wissen.

„Mich ins gemachte Nest setzen und bei meinem Vater einsteigen“, grinste Mario. „Die Geschwister haben alle gekniffen, da bleibt es eben am Kleinsten hängen, die Fahne hochzuhalten.“

„Ist schon lustig, wenn sich ein fast Zwei-Meter-Mann als Kleinster bezeichnet“, lachte Luca. „Aber du machst keinen Fehler, den Job bei deinem Vater anzutreten.“

„Ich habe gehofft, dass du das sagst“, seufzte Mario erleichtert. „Ich bin ja in den Studienferien auch schon zwei Mal allein mit einem Truck nach Österreich gefahren und habe verschiedene Waren transportiert, weil richtig Not am Mann war. Ich denke, ich kann mich da auch in die Situation unserer Leute eindenken, wenn es mal brenzlig wird. Ich möchte nicht als Arschloch in die Annalen der Firma eingehen.“

„Das wirst du sicher nicht“, sagte Luca sehr bestimmt.

„Sag mal, höre ich dein Handy klingeln?“, fragte Mario.

„Ja, schon zum dritten Mal. Ich habe es in der Tankgepäckbox stecken und langsam nervt es“, gab Luca zurück. „Wir halten bei nächster Gelegenheit mal kurz. Hoffentlich ist zu Hause nichts passiert!"

Er erschrak bis ins Mark, als er es ein paar Kilometer weiter aus der Tasche nahm, denn es war tatsächlich die Nummer seines Vaters, von der die Anrufe kamen. Mario legte beunruhigt eine Hand auf seine Stirn, als Luca den Rückrufbutton drückte.

„Hallo Großer, wo seid ihr jetzt?", hörte Luca seinen Vater völlig aufgeregt fragen.

„Auf der Serpentine zur Seiser Alm."

„Wie jetzt? Seit wann liegt die auf dem Weg zum Misurinasee?", rief Adriano verunsichert.

„Wir hatten umdisponiert, weil ich ein blödes Gefühl hatte", erklärte Luca. „Ist bei euch irgendwas Schlimmes passiert, weshalb du gar so oft probiert hast, mich zu erwischen?"

Adriano lachte auf. „Gottlob nicht, weil ihr woanders seid, als ihr hättet sein sollen. Auf eurer ursprünglichen Route ist vor einer halben Stunde eine Mure abgegangen, die verheerende Schäden angerichtet hat. Also gerade da, wo ihr jetzt laut Zeitplan mit normalem Tempo gewesen wärt."

„Ach du Scheiße!", stammelte Mario, der mitgehört hatte, zutiefst entsetzt.

„Uns ist hier regelrecht der Hintern auf Grundeis gegangen, als ihr nicht erreichbar wart. Mario hat sein Handy vermutlich auf stumm geschaltet."

„Der sieht gerade aus, als könne er eine Herz-stärkung brauchen", gab Luca bekannt und half seinem Kumpel beim Hinsetzen, auf einen Poller am Halteplatz.

„Kümmere du dich um Mario, wir rufen Gepetto, Renato und Laura an, dass bei euch alles okay ist! Viel Spaß noch!"

„Danke! Grüße Ma von uns. Ich melde mich, wenn wir auf der Alm einen Unterschlupf gefunden haben." Luca steckte das Handy weg, nahm seine kleine Ein-Tassen-Thermosflasche aus der Box und reichte den vollen Becher Mario.

Der extra starke heiße Espresso brachte den immer noch Geschockten wieder auf die Beine. „Das hat außerordentlich gutgetan! Ich glaube, wir können weiterfahren", sagte er dankbar.

Die Mancini riefen sofort die Andreotti und Belzoni an, die schon in großer Sorge waren. Gepetto und Renato, als leidenschaftliche Touren-Fahrer, waren zu dem gleichen Schluss gekommen, dass die beiden Freunde mitten im Inferno stecken mussten.

Einzig Laura hatte zweifelnd den Kopf geschüttelt. „Ich mag nicht daran glauben, wenn ich an die besondere Gabe der Mancini denke. Entweder wird es Luca selber gespürt haben, oder Adriano hat die beiden gewarnt."

„Wenn du doch nur recht hättest!", rief Renato.

Da klingelte sein Telefon.

Claudia und Gepetto hatten im Büro das Radio auf volle Lautstärke gedreht, als einer ihrer Fahrer von der Mure berichtete, deretwegen er wenden und eine andere Route nehmen musste. „Sie haben begonnen, hier weiträumig abzuriegeln, Hubschrauber fliegen und Kamerateams fahren ins Katastrophengebiet."

Und hier war es Gepetto, der murmelte. „Ich kann es nicht glauben, nachdem was Mario von Lucas Feier erzählt hat. Dann ist da auch noch die Sache mit Laura ... nein, ich weigere mich, zu denken, sie wären verunglückt!" Er riss blitzschnell das Handy aus der Hosentasche, als der Beste-Freunde-Ton erklang und stellte auf Mithören. „Die komplette Touren-Ausstattung, die Luca haben möchte, geht auf mich!", rief er nach Adrianos Bericht. „Und keine Widerrede! Ich lade für kommenden Samstag alle zu uns in den großen Saal in der Firma ein und nenne es Studienverabschiedung für Luca, damit er nicht ablehnt."

Adriano und Anabelle schauten sich einfach nur an, bis Adriano schließlich sagte: „Solche Wunder, wie Luca vollbringt, wo es direkt um Leben oder Tod geht, sind nur ein Mal in der Chronik durch Zeugen verbürgt."

„Fünfzehntes Jahrhundert, wenn ich mich recht entsinne", murmelte Anabelle. „Ich bin froh, dass er mental damit umgehen kann, ohne abzuheben oder depressiv zu werden."

Adriano nahm sie fest in den Arm. „Das Schicksal hat gewusst, warum es uns beide zusammenführt. Möglich, dass in Luca eine alte Seele schlummert. Oder vielmehr schon aufgewacht ist“, fügte er lächelnd hinzu. „Mit deinem Lebensweg bist du die beste Mutter, um die mystischen Gaben zu fördern und selbst mit dem ungewöhnlich gesegneten Sohn klarzukommen. Zumal du es ja auch immer wieder betonst, welches Glück es ist, dass wir ein bisschen anders sind. Ach, da ruft er gerade an!“ Adriano zückte das Handy.

„Wir haben zwar kein Zimmer gefunden, durften aber unser Zelt im umzäunten Bereich einer Schwaige aufbauen“, erzählte Luca ziemlich zufrieden. „Hier sind nämlich kürzlich Wölfe mitten am Tag durch bewohntes Terrain gestrolcht. Dass wir uns nun nicht selber versorgen, sondern brav als Dank unser Geld morgens und abends in die besagte Wirtschaft tragen, ist sicher klar“, schmunzelte er. „Wir werden deshalb auch übermorgen eine Nachtfahrt nach Hause machen. Ihr müsst uns also nicht auf die Vermisstenliste setzen, weil wir erst irgendwann kurz vor Mitternacht eintrudeln. Mario teilt das soeben auch Gepetto mit.“

Adriano hob nach dem Gespräch die Schultern: „Na, da hat er dann wenigstens sein neues Maschinchen allumfassend getestet. Nur Regen möge ihnen bitte erspart bleiben.“

„Und die Begegnung mit den Wölfen", fügte Anabelle hinzu. „Apropos Begegnung – hat Renato mal irgendwas verlauten lassen, ob sich Bianca irgendwann nach Laura erkundigt hat?"

„Für sie scheint Laura nicht zu existieren", erwiderte Adriano. „Ist auch gut so."

„Hast ja recht." Anabelle wandte sich wieder den Abrechnungen der Arztpraxis zu.

Mario und Luca erwanderten inzwischen die Alm, bei maximal blauem Himmel, fast Windstille sowie angenehmen Temperaturen. Und auch hier drehte sich gerade das Gespräch um Laura, denn Mario fragte: „Ist dir eigentlich mal aufgefallen, mit welchen Blicken dich Laura seit ein paar Wochen, eher schon Monaten, bedenkt?"

„Ist es", sagte Luca kurz.

„Und was gedenkst du, zu tun?"

„Nix." Luca schmunzelte innerlich.

„Du betrachtest sie noch immer als Schwester?", erschreckte sich Mario.

„Nein." Luca grinste ihn nun doch sichtbar von der Seite an. „Warum seid ihr diesbezüglich alle hibbeliger, als wir beide, die es betrifft?"

„Dann habt ihr darüber gesprochen", vermutete Mario.

Luca grinste noch breiter. „Nein."

„Nun kapiere ich gar nichts mehr", murmelte Mario.

Luca zuckte vergnügt mit den Schultern. „Frag in ein bis zwei Jahren noch mal nach."

„Du und deine Prinzipien! Bis dahin bist du am Hormonstau verendet!", rief Mario, worauf Luca schallend lachend einen Themenwechsel vorschlug.

„Wir können ja über die Blümchen und Bienchen reden", meinte Mario treuherzig blickend.

„Hast du in der Schule nicht aufgepasst?", kicherte Luca. „Ich kann dir gerne erklären, wie Honig entsteht."

Mario winkte ab und fiel in das Lachen ein. Wenn Luca keine Auskunft geben wollte, dann schwieg er wie ein Grab. „An dir hätten sich die Inquisitoren wahrscheinlich auch die Zähne ausgebissen, ohne ein Geständnis zu bekommen."

„Zumal es ja ein offenes Geheimnis war, dass man sowieso zu Tode gebracht wurde, egal was man sagte", bestätigte Luca. „Und fand man den gnädigerweise nicht, war man fürs ganze Leben ein Krüppel – körperlich oder seelisch, meist aber beides."

„Ich glaube, wir reden lieber über die Lifte, mit denen man die halbe Alm überqueren kann", schüttelte sich Mario. „Wie wäre es mit einem Blick von oben?"

„Nichts dagegen", freute sich Luca über diese wirklich gute Idee. „Da drüben gibt es oberleckeren Affogato!", rief er plötzlich. „Da war ich vor zwei Jahren mal mit meinen Eltern und Laura." Er schickte ihnen einige Fotos mit dem Handy und schrieb darunter: Gleich wird geschlemmt.

„Nichts wie hin!" Mario lief beim Gedanken an Espresso mit einer Kugel Vanilleeis darin auch sofort das Wasser im Mund zusammen.

Sie hatten es sich gerade am Tisch gemütlich gemacht, als eine Gruppe junger Mädchen die Schwaige stürmte und beide unverhohlen musterte.

„Sind das nicht die geilen Typen mit den heißen Öfen, die ihr Zelt drüber auf der anderen Seite stehen haben?", hörten sie es halblaut fragen.

Luca entgleisten die Gesichtszüge. „Och nö!"

Da kamen auch schon zwei der Wanderinnen an den Tisch und eine fragte Luca mit schmachtendem Augenaufschlag: „Heute Abend was vor oder kann ich dich auf ein heißes Date einladen?"

Luca schaute die Kleine liebenswürdig naiv an und sagte, sodass man es in der ganzen Gaststube hören konnte: „Gib auf, Schätzchen. Ich stehe auf Kerle."

Mario wäre vor Schreck fast vom Stuhl gefallen, dann brach er über die frustrierten Gesichter der Mädchen in schallendes Lachen aus. Die fanden es plötzlich sinnvoller, sich in den Außenbereich zu verziehen. Mario wischte sich Lachtränen aus den Augen. „Ich schmeiß' mich weg!", japste er. Jedes Mal, wenn er Luca anschaute, der völlig unbefangen seinen Affogato löffelte, prustete er erneut los. Er gab unumwunden zu, dass das die radikalste, zugleich einzig erfolgversprechende Methode war, sich vor erneuter plumper Anmache zu schützen. Mit einem der letzten Lifte fuhren sie zurück, um den Abend bei einer Flasche Wein ausklingen zu lassen.

Die Wirtin hatte den Fernseher laufen und alle schauten wir gebannt die Reportage über den Murenabgang an. Zwei Autos, drei Motorräder und vier Fahrräder waren inzwischen geborgen worden. Es gab fünf Tote und acht Schwerverletzte.

„Erschlagen, zerquetscht, ertrunken oder im Schlamm erstickt ..." Mario schloss die Augen und schluckte hart. „Vielleicht sollten wir unsere nächste Tour ans Meer machen."

Luca schmunzelte. „Weil es hier selten Tsunamis gibt?"

„Na, du kannst einem ja Mut machen!", schnaufte Mario.

„Auf der Straße sterben mehr Leute", führte ihm Luca vor Augen, „und trotzdem fahren wir unsere Touren. Die Drei Zinnen und den herrlichen See können wir ruhig im nächsten Jahr besuchen. Dass die Natur überall Kräfte entfesseln kann, wissen wir beide. Ich bin schon froh, dass wir alle miteinander vor Erdbeben verschont bleiben. Die meisten Erdstöße spüren wir gar nicht."

„Gab es in Verona schon mal stärkere Beben?", überlegte Mario laut.

„Aus dem 12. Jahrhundert sind welche überliefert, die große Zerstörungen angerichtet haben sollen", erwiderte Luca. „1117, wenn ich mich recht erinnere, soll das Erste gewesen sein. Man nimmt aber nach neuen Erkenntnissen an, dass es nur ein Vorwand war, bautechnischen Kahlschlag zu betreiben, um romanisch neu aufbauen zu können."

„Propaganda der Obrigkeit hatte also schon immer was Herzerfrischendes", grinste Mario.

„Da kannst du locker drauf wetten", bestätigte Luca.

Am letzten Tag wanderten sie etwas gemächlicher, um auf der Rückfahrt fit zu sein. Sie packten vor dem Abendbrot ihre Maschinen voll und fuhren nach dem Essen auch sofort los. Fast auf die Minute 23 Uhr schob Luca die Harley in die Garage, nahm die Gepäcktaschen ab, die er erst am Morgen leeren wollte. In der Wohnung brannte noch Licht und so störte er auch niemanden, als er nach der Begrüßung ausgiebig duschte. Das Frühstück nahm er mit den Eltern gemeinsam ein, ehe die beiden ihren Dienst in der Praxis antraten.

„Ihr habt ja supertolle Wanderungen gemacht", schwärmte Anabelle. „Schmeckt der Affogato immer noch so lecker?"

„Tut er", schmunzelte Luca. „Genau das Richtige, um auf dem Rückweg nicht durchzuhängen, weil es ja doch einige Kilometer waren. Im Fußgängermodus braucht man ja ein paar Minuten länger als auf dem Motorrad. Ich bin übrigens von der Harley absolut begeistert. Ich hätte im Traum nicht gehofft, jemals eine eigene CVO Road Glide Limited fahren zu können. Ich bin euch allen so wahnsinnig dankbar."

„Die hätten wir dir vermutlich auch nicht mal schnell zum 18. geschenkt, obwohl wir nicht ganz unbetucht sind", blinzelte Adriano. „Aber unter den gegebenen Umständen war es sinnvoll, Renatos Plan in allen Punkten zu unterstützen."

„Wir fahren am Samstag mit dem Taxi zur Spedition, damit wir richtig feiern können", verriet Anabelle.

„Ach ja, da war doch noch was", seufzte Luca. „Hoffentlich flammt mein Heiligenschein nicht wieder auf."

Adriano lachte herzlich.

„Ich werde heute eine Spritztour mit Laura machen, damit sie sich in den Ferien nicht langweilt", blinzelte Luca, worauf ihm Adriano einen großen Schein reichte. „Tankgeld."

„Oh, danke!" Luca steckte ihn hoch erfreut ein.

Doch zuerst räumte er die Packtaschen aus, legte die Wäsche neben die Waschmaschine, ehe er sich auf den Weg zu Laura begab. Die spähte sofort aus dem Fenster, als der satte Sound zu hören war, Renato steckte den Kopf aus der Tür. „Ah, der König der Landstraßen ist da!"

„Oh, so fühle ich mich auch, auf diesem Wunderwerk der Technik", bekräftigte Luca. „Ist Laura da? Ich möchte sie auf eine kleine Tour ins Umland mitnehmen."

„Mach langsam!", mahnte Renato, weil Laura gleich Stufen auslassend hinunter gerannt kam.

„Hab ich Tour gehört", fragte sie außer Atem.

„Richtig", schmunzelte Luca.

Da war Laura auch schon wieder weg, nur der Satz „Ich hole Helm und Jacke" hing noch in der Luft.

Renato schüttelte amüsiert den Kopf, Luca hob mit einer hilflosen Grimasse die Schultern. Als Laura wieder da war, steckte auch Renato Luca einen großen Schein zu. „Zum Eisessen."

„Oh vielen lieben Dank! Das wird eine Riesenportion!"

Laura stieg mit einem seligen Lächeln zu ihm auf die Maschine. Ihr war es total egal, wohin die Fahrt ging. Hauptsache, sie konnte bei ihm sein, und sich völlig unverfänglich eng an ihn schmiegen. So fand sie sich auch schließlich in Sirmione wieder, wo, so sagte jeder, das beste Eis der Welt zu haben ist. Luca schloss die Helme ein, die Maschine ab, dann stürzten sie sich in den Trubel der Tagestouristen, besichtigten die Scaligerburg, die Grotten des Catull, aßen gediegen Mittag und natürlich Eis. In Lauras Mundwinkeln saß ein Dauerlächeln wie festgenietet.

„Wie ich dich kenne, wirst du trotz allem mit den Öffentlichen zur Uni fahren", stellte sie in den Raum.

Luca nickte. „Aus vielerlei Gründen. Der Hauptgrund sind die Kosten, dann kommt der Zeitfaktor. Per Bahn bin ich einfach schneller, weil die keine Umwege fahren muss. Ich will auch nicht zur Dauerzielscheibe von irgendwelchen Hühnern werden, denen die Maschine Dollarzeichen in die Augen malt. Was in deinem Sinne sein dürfte, wenn ich deine schlecht getarnten Bemühungen richtig einschätze."

Laura wurde rot, bis in die Haarspitzen. „Du hast es gemerkt?"

„Sicher. Ich bin ja nicht aus Stein. Ich bleibe aber hart, bis du nicht mindestens 16 bist. Vorher läuft gar nichts, so sehr du es dir auch wünschst, danach nicht viel, bis du nicht 18 bist."

Sie schaute ihn mit mühlsteingroßen Augen an, die mehr verrieten, als wenn sie gesprochen hätte.

Luca tupfte ihr mit dem Finger auf die Nasenspitze, wie er es immer getan hatte, als sie noch ganz klein war. „Es ist wohl an der Zeit, dir ein großes Geheimnis zu verraten. Ich habe vor einigen Jahren meinen Eltern gegenüber geschworen, immer auf dich aufzupassen. Immer. Wohl gemerkt. Was das bedeutet, kannst du dir selbst ausmalen."

„Oh!"

Das kam so selig und aus tiefstem Inneren, dass Luca nicht anders konnte, als sie auf die Stirn zu küssen. „Und mehr als das gibt es bis dahin nicht."

„Ich will brav sein", versprach Laura in jenem Tonfall, mit dem sie sich als kleines Mädchen immer bei ihm eingeschmeichelt hatte.

„Dann sind wir uns ja einig", blinzelte Luca und Laura blinzelte begeistert zurück. Mit diesem Wissen würde ihr es nicht mehr schwerfallen, ihm bis dahin nicht das Leben schwer zu machen. Luca hatte noch niemals irgendein Versprechen gebrochen.

Sie wurde nicht mal sauer, als sich zwei neu angekommene junge Mädchen am Nebentisch ungeniert halblaut über Luca unterhielten, wobei die eine schließlich meinte: „Die Kleine ist doch garantiert noch nicht mal 16."

Laura drehte sich um, taxierte die Fremde und sagte: „Na, Schwester, neidisch, weil dein großer Bruder nicht so toll ist, wie meiner?"

Luca hob schmunzelnd den Daumen, während der Angesprochenen der Mund offen stehen blieb. Noch dümmer schaute sie, als die vermeintlichen Geschwister auf einer Traummaschine davon düsten.

Die andere sagte lakonisch: „Recht hat sie schon gehabt, dass dein Bruder in keiner Weise mithalten kann."

„Ach, halt doch die Klappe!"

Ob es auf der Tour mit Luca schön war, musste Renato nicht fragen. Laura strahlte vor Freude, bedankte sich bei beiden für den herrlichen Tag und schaute hinterher, bis die Harley um die nächste Kurve fuhr. „Er hat mir von seinem Schwur erzählt, damit ich niemandem auf den Keks gehe", verriet sie, „Und ich habe versprochen, brav zu sein."

Renato wischte sich gespielt theatralisch den Schweiß von der Stirn. Laura kicherte fröhlich und eilte mit dem Helm in der Hand zu ihren Zimmern.

V.

Am Samstag waren die Mancini unter den Letzten, die zur Party kamen. „Ging leider nicht eher, ich hatte noch einen unserer Kommunalpolitiker als Notfall in der Praxis", flüsterte Adriano, hilflos die Hände hebend, Gepetto zu.

„Ist doch alles bestens", gab der beruhigend zurück. „Antonio und Chiara sind auch noch nicht da. Rosanna hat vor einer halben Stunde abgesagt, weil sie Marco mit Blaulicht in die Klinik gebracht haben."

„Wieder das Herz?"

„Vermutlich. Und wohl auch wieder aus dem gleichen Grund", flüsterte Gepetto vielsagend. „Du hast dein Bestes getan."

Laura hatte sich zu Claudia und Gianna gesellt, um ihnen die Zutaten für die Drinks zu reichen, und die fertigen Gläser an die Feiernden auszuteilen. Anabelle kümmerte sich mit Angelina um die Speisen. Die Nachzügler trafen ein und Gepetto eröffnete die Feier. Schon beim dritten Satz war klar, dass Lucas Studienbeginn nur ein Vorwand gewesen war.

„Ich hoffe, du verzeihst mir, aber ich wusste mir keinen anderen Rat, weil du zum eigentlichen Grund glatt nein gesagt hättest", bat er am Ende Luca, der etwas betreten aus der Wäsche schaute. Genau so erstaunt waren jene, die von dem ganzen Drama des Ausflugs gar nichts wussten.

„In Anbetracht der Situation, dass ich vor nicht allzu langer Zeit Laura auch nur mit einem fiesen Trick in die gewünschte Richtung dirigieren konnte, lasse ich Gnade walten“, seufzte Luca.

„Wie wäre es mit einem bisschen Hintergrundwissen?“, rief Antonio vom anderen Ende der Tafel.

„Dein Part!“, grinste Luca, auf Mario deutend.

„Okay. Das bin ich dir schuldig“, murmelte der und berichtete, was sich auf der Geburtstagsfeier und wenig später auf der Motorradtour zugetragen hatte, bis sie ihr Zelt im umzäunten Bereich der Schwaige aufstellen durften. „Das Allerschärfste war allerdings, wie er sich seine Verehrerinnen vom Hals gehalten hat!“, kicherte Mario und gab Lucas Worte zum Besten.

Die Männer brachen allesamt in wieherndes Gelächter aus, Anabelle wischte sich Lachtränen aus den Augen, während die anderen Frauen und der Nachwuchs keine Ahnung hatten, warum das Lachen gar nicht enden wollte.

Gepetto klopfte Luca auf die Schulter und erklärte, immer noch feixend: „Mit den gleichen Worten hat einst dein Vater auf einer Ausfahrt auf eine ähnliche Anmache reagiert. Das war jetzt ein absolut herrliches Déjà-vu für uns.“

„Und dann saß Luca da, als könne er kein Wässerchen trüben!“, grinste Mario, „während ich erst vor Schreck und danach fast vor Lachen unter den Tisch gefallen wäre.“

„Du weißt doch, dass die stillen Wasser meist am tiefsten sind und am Grund Dinge ansammeln, die schon recht interessant sein können, wenn sie an die Oberfläche steigen“, ließ sich Renato vernehmen.

Luca schaute Laura an und zuckte mit einer Augenbraue. Laura lächelte so breit, dass fast die Ohren Besuch vom Mund bekamen. „Erzähle es ruhig.“ Also gab Luca das kleine Wortgeplänkel der Damen aus Sirmione wieder.

„Das hat sie gesagt!“, japste Renato. „Ich dachte immer, sie geht nur aus sich raus, wenn sie auf der Theaterbühne steht.“

„Ich lasse mir doch von so einer aufgeputzten Wachtel nicht vorschreiben, wo ich mit meinem großen Bruder Eis esse!“, grinste Laura harmlos.

Adriano zupfte sich mit zu Schlitzen verengten Augen am Ohr.

Laura lachte auf. „War ja klar, dass du mir den großen Bruder nicht abnimmst. Aber der war in dem Augenblick die schärfste Waffe.“

„Da gebe ich dir allerdings recht!“, schmunzelte er.

„Läuft mehr?!“, fragte Giovanni neugierig.

Das kategorische „Nein“, das sofort von beiden jungen Leuten kam, überzeugte ihn. Antonio schaute etwas skeptisch.

„Nein“, wiederholte Laura für ihn. „Luca hat mir seinen Standpunkt erklärt, ich habe akzeptiert. Da müsst ihr euch alle mindestens so lange gedulden, wie ich, ehe die erneute Nachfrage sinnvoll ist. Punkt.“

„Bravo! Klare Ansage!“, lobte Mario staunend. „Ich hatte auf der Tour Luca zu einem Statement genötigt. Das klang genau so.“

„Zufriedene Väter sind was Feines“, bemerkte Gepetto mit Fingerzeig auf Renato, Adriano und sich.

„So?“, staunte Renato.

Mario nickte. „Luca hat meinen späten Entschluss sehr begrüßt, in die Spedition einzusteigen, und auf seinen Rat gebe ich verdammt viel. Besonders nach den Vorkommnissen der letzten Tage.“

„Ach ja, die Vorkommnisse ... da war doch noch was!“, rief Gepetto. „Luca, mach mal da drüben die große Kiste auf!“

Der hob, wie aufgetragen, eine der Laschen an, spähte in den Karton und schlug die Lasche wieder zu. „Das meinst du jetzt nicht ernst. Oder?“

„Oder!“, grinste Gepetto und fügte sehr ernst hinzu: „Ist uns ein dringendes Bedürfnis. Uns ging es ähnlich wie Renato, als der Zug verunglückte. Pack einfach aus, die anderen sind doch vor Neugier schon ganz hibbelig!“

Kopfschüttelnd machte sich Luca ans Werk, zuerst eine Echtlederkombi in den Farben der Maschine heraushebend. „Seit wann gibt es den Zweiteiler mit hoher Trägerhose?!“, staunte er.

„Seit ich sie genau so in deinen Maßen haben wollte", verriet Gepetto vergnügt.

Dazu gab es passende Stiefel und die Zusatzboxen für seine Maschine.

„Ich werde nicht wieder!", strahlte Luca. „Heißen, heißen Dank!"

„Anziehen!", rief Antonio von hinten und Luca schlüpfte in die Biker-Kluft.

„Oha! Sieht das affengeil aus!", rutschte es Gianna völlig undamenhaft heraus.

Laura lachte schallend. „Das hätte ich jetzt auch fast gesagt." Sie klatschte sich mit Gianna ab.

Mario pfiff durch die Zähne.

„Kann ich auch in deiner Größe machen lassen", lockte Gepetto und erntete ein heftiges Nicken.

„Onkel Adriano steuert was mit bei, damit du es schon zum Geburtstag haben kannst", blinzelte Anabelle nach kurzem Blickwechsel mit Adriano.

„Juhuhuhuuuuuuu!" Mario hüpfte fast wie Rumpelstilzchen unter dem Gelächter der Feiernden.

Auf dem Rückweg von einem Toilettengang zog Renato Adriano auf dem Hof zwischen zwei Trucks. „Was sagst du zu Marcos Problem?"

„Dass er es nicht überleben wird", antwortete Adriano flüsternd. „Rosanna könnte schon morgen deine Hilfe brauchen, damit sie nicht vom eigenen Sohn mit leeren Händen aus dem Haus geworfen wird."

„Verdammtes Scheißspiel", brummte Renato. „Bloß gut, dass ich schon Fakten gesammelt habe, ohne zu wissen, dass sie einmal wichtig werden könnten. Rosannas Aussichten sind mehr als schlecht, falls Marco nicht doch noch irgendwo ein Testament hinterlegt hat."

Adriano legte ihm beide Hände auf die Schultern, sah ihm sehr tief in die Augen. „Glaubst du wirklich daran? Mach aus dem, was du hast, das Beste." Dass plötzlich der Mond zwischen den Wolken hervorschaute und Adrianos Augen aufleuchten ließ, deutete Renato als Zeichen. Er hatte nur keine Ahnung, warum ihn auf einmal so eine gespannte Erwartung befiel, die sich nicht übel anfühlte. Renato hatte für 23:30 Uhr ein Taxi bestellt, das zeitgleich mit dem der Mancini kam. Gepetto deponierte eigenhändig den Karton Motorradzubehör im Kofferraum.

„Warum sind die Rosso eigentlich nicht da gewesen?", fragte Laura unterwegs, worauf Renato die wichtigsten Eckdaten aufzählte.

Laura schwieg eine Weile, dann sagte sie: „Das traue ich Umberto zu. Ein totaler Unsympath und verlogen, bis zum Abwinken. Ich habe da einiges von meinen Klassenkameraden gehört, die ich als vertrauenswürdig einstufe. Zumal ich ähnliche Fälle direkt miterlebt habe, auf zweien, der Freundefeiern. Wahrscheinlich ist er deshalb auch nie mehr zu den Mancini mitgefahren.

Adriano hätte ihn doch mit zwei Sätzen entlarvt. Na ja. Warum sollen wir auch die Einzigen sein, wo nicht alles eitel Sonnenschein war."

Das Taxi hielt vorm schmiedeeisernen Tor der Villa, Renato zahlte und öffnete für Laura die Tür. Als das Fahrzeug davon fuhr, löste sich eine Gestalt aus dem Dunkel der Mauer und trat in den Lichtkegel der Laterne.

„Rosanna?", flüsterte Laura überrascht fragend.

Ein Nicken und ein geschluchztes „Ja."

„Um Gottes willen! Komm rein!", rief Renato, sie am Arm nehmend.

Laura eilte mit dem Schlüsselbund voran, um ihnen die Türen zu öffnen und Licht zu machen.

Renato führte Rosanna in den Salon. „Setz dich! Ich bringe dir was, zu trinken!"

„Espresso bitte", flüsterte Rosanna matt.

„Bleib hier", schlug Laura ihrem Vater vor. „Ich kümmere mich."

„Was ist passiert?", wollte Renato wissen, der schon einen Teil ahnte, den er gleich zu hören bekäme.

„Marco ist auf dem Weg ins Krankenhaus gestorben. Sie haben ihn zwei Mal reanimiert, beim dritten Mal kam jede Hilfe zu spät ..."

„Um Gottes willen!" Renato drückte ganz fest Rosannas Hand, die sofort weitererzählte.

„Sie haben mich angerufen und ich bin gleich hingefahren, um mich zu verabschieden und erste Schritte in die Wege zu leiten. Als ich nach

Hause zurückkam, war am Hoftor das Schloss ausgetauscht und auf mein Klingeln hat eine halbe Stunde lang niemand reagiert. Dabei bin ich mir sicher, Licht in Umbertos Zimmern gesehen zu haben. Weil ich mir keinen Rat mehr wusste, bin ich hierher gelaufen und habe gewartet, dass ihr zurückkommt." Sie nahm von Laura, die die letzten Sätze gehört hatte, den Espresso und ein Croissant entgegen. „Vielen, lieben Dank."

„Bitte gerne! Ich bereite am besten ein Zimmer vor, damit du etwas zur Ruhe kommen kannst."

Renato nickte, während Rosanna tief durchatmete. „Deine Kleine ist ein echter Schatz", sagte sie ergriffen. „Du kannst mit Recht stolz auf sie sein."

„Das erste Zimmer links ist es", erklärte Laura. „Wenn ihr mich nicht mehr braucht, gehe ich schlafen. Gute Nacht!"

„Gute Nacht! Ich bringe Rosanna noch rauf. Heute können wir eh nicht mehr die Welt einreißen", erwiderte Renato. „Und morgen nicht gleich, weil Sonntag ist."

Er unterrichtete aber noch alle Freunde von Marcos Tod und fügte für Adriano und Gepetto einen Kurzbericht, mit dem aktuellen Stand an.

„Und nun?", fragte Anabelle beim Frühstück, als Adriano ihr und Luca die Fakten aufzählte.

„Um Rosanna mache ich mir keine Sorgen", winkte Adriano ab. „Gentleman Renato wird ihr erst mal ein Dach überm Kopf gewähren."

„Bis mehr draus wird", fügte Luca wie selbstverständlich an, worauf Adriano nur einmal ganz langsam nickte.

„Laura und Rosanna haben nie Probleme miteinander gehabt, zudem ist Laura in einem Alter, wo sie ihrem Vater nicht mehr am Schürzenbädchen hängt, um es salopp auszudrücken", zählte Adriano gemächlich auf. „Sie kommt meist sowieso zuerst hierher, egal ob Luca da ist oder nicht, weil sie ganz einfach auch hier mit her gehört. Das wird sich schon alles einspielen."

„Okay, ihr habt mich überzeugt", seufzte Anabelle, an ihrer Tasse nippend. „Ich bange eben immer mit, wenn sich in Lauras Umfeld irgendetwas ändert, dessen Auswirkungen ich nicht ermessen kann."

„Vergiss nicht, dass ich im Regelfall jeden Tag nach Hause komme", erinnerte Luca sie.

Sofort hellte sich Anabelles Miene auf. „Stimmt. Das hatte ich ausgeblendet. Mir ist halt dieser Umberto nicht geheuer."

„Ein echter Widerling", murmelte Luca mit zusammengezogenen Augenbrauen. „Ich erinnere mich besonders gern an jenen Tag, als er Bruno und Benny bei Vincenzo Abführtabletten ins Maul stecken wollte und Benny ordentlich zugebissen hat. Wodurch das Ganze überhaupt erst rausgekommen ist. Wirklich Grips hat der

Kerl nie gehabt. Oder die Sache mit Lauras Puppe, die er ins Toilettenbecken gestopft hat."

„Dafür hat ihm Bruno ein Triangel in den Hosenboden gerissen und den Hintern mit erwischt", schmunzelte Adriano. „Ganz davon abgesehen, als er mit Steinen nach unseren Fledermäusen geworfen hat, wofür es von Mario eine saftige Backpfeife setzte."

„Von wegen: Drei Schläge auf den Hinterkopf steigern das Denkvermögen! Da muss erst mal überhaupt welches vorhanden sein!", lachte Luca.

„Umberto müsste 23 sein", überlegte Anabelle.

„Auf dem Papier. Verhalten wie ein Fünfjähriger", schnaufte Luca. „Hoffentlich bekommt er von Renato einen ordentlichen Schuss vor den Bug!"

„Ach, da bin ich auch guter Hoffnung", winkte Adriano ab.

„Sowas ist übrigens das Ergebnis antiautoritärer Erziehung, die komplett aus dem Ruder läuft", gab Anabelle bekannt.

Luca drückte sie lieb an sich. „Danke, Ma und Pa, dass ihr mir was Ordentliches mit auf den Weg gegeben habt. Auf dem brauche ich morgen meinen Rucksack. Ich geh dann mal packen."

„Unser Großer", strahlte Adriano, als Luca die Tür geschlossen hatte. „Studiert ab morgen Medizin. Ich bin mächtig stolz!"

„Frage mal, wer noch!", blinzelte Anabelle. „Doktor Mancini, das klingt in jeder Weise wie Musik in meinen Ohren." Sie küsste Adriano sinnlich.

„Ich würde die hübsche Brünette auch heute noch mit dem Motorrad nach Bardolino bringen", raunte er, sie auf seinen Schoß ziehend, um sie ganz, ganz fest zu halten.

„Oh, störe ich beim Kuscheln?", blinzelte Luca.

„Nein", schmunzelten beide und Luca stellte fest. „Ihr seht richtig glücklich aus."

„Sind wir auch. Weil es dich gibt, genau so wie du bist", erwiderten sie völlig synchron und alle drei lachten herzlich.

„Wäre es eigentlich schlimm, wenn hier wieder ein Hund mit einzieht?", packte Anabelle die Situation am Schopf.

Adriano schüttelte lächelnd den Kopf, während Luca begeistert forderte: „Aber wieder ein richtig großer!"

„Flat-Coated?", fragte Anabelle.

„Oh ja! Ich schau mal, ob es den Züchter noch gibt!" Adriano loggte sich ins Internet ein, während die beiden anderen vergnügt kicherten. Er schnappte auch sofort sein Handy, wählte eine Nummer und sagte: „Ja, guten Tag, hier ist Doktor Mancini. Ich suche Ersatz für unseren verstorbenen Bruno. Wirklich? Sie haben einen Wurf mit Farbfehler? Wir sind in einer Stunde da."

„Ich habe gerade ein Déjà-vu", hauchte Anabelle mit leuchtenden Augen. Sie zog eine Schublade auf, in der Brunos altes Welpenhalsband lag, steckte es in die Hosentasche und sagte: „Meinetwegen kann es losgehen!"

„Zu Befehl!", lachte Adriano, nach der Schlüsselkarte vom Auto fassend.

„Ich hole inzwischen das Zubehör vom Boden!", rief ihnen Luca grinsend hinterher. Er freute sich riesig auf den neuen Kumpel auf vier Pfoten.

Die Mancini wurden vom Züchterehepaar herzlich begrüßt. „Wir haben uns immer gefreut, wenn in der Zeitung ein Bild von Ihnen mit Bruno zu sehen war", erzählten sie. „Benny wird ja sicher auch nicht mehr leben."

„Der ist ein halbes Jahr vor Bruno über die Regenbogenbrücke gegangen", berichtete Anabelle. „Bis dahin sind die beiden fast täglich auf Gassi-Runde miteinander gelaufen und haben an den Wochenenden oft zusammen in unserem Garten herumgetobt. Heute überkam es mich einfach, wieder einen Wauzi haben zu wollen."

„Die sind, wie damals, auch schon elf Wochen alt", erzählte die Züchterin, die Hunde rufend.

Anabelle hockte sich hin und wieder kuschelte sich einer sofort an sie.

„Meine Güte, wie sich die Bilder gleichen!", staunte die Züchterin. „Das ist der E-Wurf der Hündin. Der Kleine hier heißt Emile."

„Ein französischer Name, echt nobel“, lächelte Anabelle, den Welpen streichelnd.

„Und es kommt vom lateinischen aemulus, was nacheifernd bedeutet“, sagte Adriano bedeutungsvoll. „Ich glaube nicht an Zufälle.“

„Hach, mir läuft es gleich schaurig-schön den Rücken hoch und runter!“, verriet die Züchterin, ihnen die Papiere für Emile übergebend. „Möge er das gleiche glückliche Leben haben wie Bruno.“

„So soll es sein“, sagte Adriano feierlich und Anabelle wusste sofort, dass es genau so kommen werde.

„Das wären dann wirklich viel zu viele Zufälle“, schmunzelte Anabelle, als Emile neben dem Auto das Beinchen hob.

„Och, ist der knuffig“, begeisterte sich Luca, als Adriano den Welpen die Treppe hinauf trug und hatte augenblicklich die feuchte Hundenase hinterm Ohr stecken. „Heh, heh, heh, das hat Bruno auch immer gemacht! Wie heißt der Süße?“

„Der junge Mann heißt Emile“, gab Anabelle bekannt.

„Bellt der auch französisch?“, kicherte Luca, sanft das plüschige Fell streichelnd.

„Setzt euch alle aufs Sofa, Anabelle mit Emile auf dem Schoß in die Mitte!“, rief Adriano. „Jetzt machen wir ein Foto, wie damals!“ Er stellte den Timer ein. Und das Bild schickte er an alle Freunde mit der Bemerkung: das neue Familienmitglied.

„Der sieht aus wie Bruno!", riefen Renato und Gepetto sofort. „Den muss ich vom Nahen sehen!"

So kam es, dass zur Kaffeezeit plötzlich fünf Personen vor der Tür standen, denen Adriano lauthals lachend die Tür öffnete. Emile tapste ihnen mit einem Plüschtier im Fang entgegen und beäugte sie neugierig. Sekunden später saß er auf Renatos Schoß, der sogar eine Träne wegwischte, weil es genau wie damals war.

„Sie haben noch zwei", ließ Adriano fallen.

„Oh, bitte!", hauchte Laura, ihren Vater am Arm rüttelnd.

Der tauschte einen langen Blick mit Rosanna, die kaum merklich nickte, dann fasste er nach Adrianos Handy, das dieser ihm scherzhaft entgegenhielt. „Guten Tag, hier ist Rechtsanwalt Belzoni, ich rufe von Doktor Mancinis Handy an, weil ich einen Welpen bei Ihnen kaufen möchte. Prima, ich werde morgen früh gleich neun Uhr da sein!"

„Ich will auch!", rief Claudia, riss Renato das Telefon aus der Hand und sagte: „Guten Tag, ich bin Frau Andreotti, die Ersatzmutti von Benny, ich komme auch mit! Super! Bis morgen!"

Adriano lachte Tränen. Gepetto machte große Augen und hob hilflos die Schultern. Die Frauen deckten den Tisch, schnitten Kuchen und teilten

Espresso aus, während sich Emile von den Männern verwöhnen ließ. Luca trug ihn die Treppe hinunter, um keine Überschwemmung im Zimmer zu haben, und lobte den Kleinen sehr, als er brav sein Bein an einem Strauch hob. „Morgen müsst ihr gleich Leckerchen für solch große Taten besorgen“, mahnte er.

„Und Tütchen und Handschuhe“, zählte Claudia vergnügt auf. „Sechs und 18 Uhr am Fluss?“

„Gebongt!“, rief Anabelle.

„Und ich mache, falls wir wirklich das passende Hundchen finden, die Siedlung unsicher“, freute sich Laura.

„Tagsüber kümmere ich mich um ihn“, versprach Rosanna fröhlich und erklärte den anderen: „Renato hat mich als Hausfee eingestellt, damit ich nicht mittellos bin. Lauras Hundchen wird also nicht allein bleiben müssen und kann ganz in Ruhe lernen, dass man sich melden muss, wenn man raus will.“ Dann umwölkte sich ihre Stirn. „Wie es weitergehen wird, werden wir sehen. Ich habe ja im Augenblick nicht mal das Geld, Marco würdig unter die Erde zu bringen.“

„Hast du jemals erlebt, dass wir Freunde hängen lassen?“, fragte Adriano. „Wir legen alle zusammen, damit Marco in Frieden ruhen kann.“ Er schrieb auch sofort eine Rundmeldung an die anderen Freunde. Die Zusagen kamen innerhalb weniger Minuten. Darüber, dass die Abschiedsfeier bei Vincenzo stattfinden werde, musste man nicht reden.

Rosanna war dankbar, dass ihr niemand Vorwürfe machte, weil so viele Chancen ungenutzt geblieben waren. Sie hatten Umberto wie einen kleinen Gott behandelt. Sein Wille war Gesetz, was sich jetzt bitter rächte. Vielleicht hätte Marco noch leben können, wenn ... ganz sicher sogar, weil ... Rosanna rieb mit beiden Händen ihr Gesicht. Zu spät. Umberto hatte nur das Geld gewollt, an der Firma hatte er keinerlei Interesse. Ein Taugenichts, der nicht einmal die Schule abgeschlossen hatte, weil Papa ja brav zahlte. Sie hörte wie durch eine Watteschicht, Renato sagen: „Den Geldhahn habe ich ihm schon abdrehen lassen und die Polizei wird morgen bei ihm Einlass begehren. Nicht nur wegen der ausgetauschten Schlösser. Unterlassene Hilfeleistung ist das Mindeste, was noch dazu kommt. Er hat Rosanna massiv behindert, als sie den Notarzt rief, indem er ihr mehrmals das Telefon aus der Hand geschlagen hat. Er wollte offenbar, dass Marco stirbt."

„Gibt es Videomaterial?", fragte Gepetto.

„Auf Marcos Handy. Das wird gerade von der Polizei untersucht", gab Renato Auskunft.

„Sprecht lieber über die Hundchen", bat Rosanna, die Nase hochziehend und Emile, unterm Kinn kraulend.

„Wir hießen doch gleich die anderen Rüden aus dem Wurf", versuchte Anabelle, sich zu erinnern. „Eros, Enzo und … ach, ich kriege es nicht zusammen! Zuckersüß waren alle Welpen, die gelben und die leberbraunen.“

„Pa wird schon den Richtigen raussuchen. Er hat mir oft erzählt, was er alles angestellt hat, um Bruno eine Freude zu machen“, schmunzelte Laura. „Für mich geht ja morgen das neue Schuljahr los, da kann ich leider nicht mitfahren. Passe du ab morgen gut auf dich auf“, bat sie Luca.

„Ich fahre mit dem Zug“, wiegelte er ab.

Laura schüttelte nachsichtig den Kopf. „Was gerade mich nun keinesfalls beruhigt. Ist das eigentlich normal, dass man sich um die Kerle solch einen Kopf macht?“, wandte sie sich an Anabelle.

„Ist es.“

VI.

Luca saß am Montagmorgen schon beim Frühstück, als der Wecker seiner Eltern klingelte. Er hatte den Tisch für alle gedeckt und war kurz mit Emile vor der Tür gewesen. „Ich muss heute erst mal die Lage sondieren", erklärte er. „Dass ich ungern auf den letzten Drücker erscheine, wisst ihr ja. Frisches Wasser ist im Napf, Emile braucht nur noch Futter."

Als Luca zum Bus lief, begleiteten ihn Anabelle und Emile ein Stückchen. Adriano hatte schon die Futterration in den Napf getan, über die sich Emile bei der Rückkehr her machte, als sei er am Verhungern. Dann legte er sich auf seine Matratze und döste mit seinem neuen Lieblingsplüschtier, das er gestern sofort ins Herz geschlossen hatte. Bei den Patienten war er augenblicklich Star der Praxis, es kam sogar vor, dass ihn jemand Bruno nannte, weil er diesem in jeder Weise verblüffend ähnelte.

Claudia war mit einem Kleintransporter der Firma losgefahren, hatte Renato und Rosanna abgeholt, um die Züchter aufzusuchen. Die schmunzelten, als alle mit erwartungsvollen Gesichtern ausstiegen.

Die fünf Welpen spielten auf der Wiese. Einer von ihnen sah wie ein Flickenteppich aus zwei Farben aus, wobei das Gesicht exakt in der Mitte in gelb und braun geteilt war, was Renato etwas genauer hinschauen ließ. „Wie süß ist der denn?!“, lachte er. „Komm her, mein Kleiner! Komm!“

„Das ist Enzo, unser großes Sorgenkind, nicht nur wegen der Färbung. Er ist eine Chimäre, weil er quasi seinen Zwilling im Körper trägt“, erklärte die Züchterin, als der Welpe schon zu Renato tapste und dessen Hand beschnüffelte.

„Das würde bedeuten, er könnte unfruchtbar sein und ein kürzeres Leben haben, als seine Geschwister“, stellte Renato fest.

Die Züchterin nickte bekümmert. „Ich kann auch nicht garantieren, dass sich das nicht anderweitig auf seine Gesundheit auswirkt. Er ist der erste Fall bei uns und keiner will ihn bei diesen Aussichten haben.“

„Punkt eins ist eh egal, weil wir einen Rüden kastrieren lassen würden“, erwiderte er. „Punkt zwei wäre für mich auch kein Grund, den Kleinen von mir zu weisen, als habe er die Pest. Er kann doch nichts dafür, dass er so ist wie er ist.“ Er tupfte dem Welpen mit der Fingerspitze auf die Nase. „Was meinst du? Tust du dich mit Laura zusammen und pfeifst auf Wenn und Aber?“

„Wuff!“

„Recht hast du! Wuff!“ Er grinste breit in die Runde. „Meiner! Ich denke, es wird ihm bei uns gefallen. Machen wir es ihm also so schön wie möglich.“

Die Rechnung war auf einem absoluten Minimum. „In anderen Branchen würde man ihn als

Ausschuss bezeichnen", sagte die Züchterin bedrückt. „Ich habe nur die Kosten für die Impfungen zusammengefasst. Ich bin glücklich, dass gerade er jemanden gefunden hat, der auf alle Standards pfeift und ein Lebewesen als solches betrachtet."

Claudia hockte noch immer auf dem Boden und spielte mit den übrigen Welpen. Auf die neugierigen Blicke der anderen sagte sie: „Ich möchte diesen hier", auf den gelben Hund zeigend.

„Oh, mein Gott! Das ist wie alle Feiertage auf einmal!", strahlte die Züchterin. „Und auch genau so unfassbar, wie damals."

„Wir sind halt alle ein bisschen anders", lachte Renato. „Und das ist wahrscheinlich gut so."

„Oh ja, da haben Sie recht! Alles Gute für Sie und die Hunde!" Sie schloss überaus zufrieden hinter ihnen das Hoftor.

Laura hatte ganz bewusst gesagt, sie wolle kein Bild vorab haben, sondern sich zu Hause überraschen lassen. Sie stutze kurz, dann kicherte sie: „Na, du siehst ja cool aus! Da war wohl das Fell alle, als sie dich zusammengesetzt haben?" Sie nahm den Kleinen auf den Arm und knuddelte ihn sanft.

„Das ist Enzo", verriet Renato und erklärte, was den Hund so besonders machte.

„Dann passt der doch perfekt zu uns. Wir sind so viel Kummer gewöhnt, dass es nur immer besser werden kann. Ich werde jedenfalls alles tun, damit es Enzo richtig gut geht."

„Wuff!"

„Genau! Wuff! Packen wir es an!" Laura trug den Kleinen die Treppe zu ihren Zimmern hinauf.

„Ich habe gewusst, dass sie ihn lieben wird", blinzelte Renato Rosanna zu. „Erinnert er sie doch an ihr eigenes Schicksal." Sein Handy klingelte. „Apropos Schicksal, das ist die Polizei." Er nahm das Gespräch an. Rosanna widmete sich dem Job, für den er sie bezahlte.

Sie klopfte an Lauras Tür. „Möchtest du einen Cappuccino?"

„Gern! Aber den kann ich mir doch selber machen. Du bist doch nicht bei uns, um mich zu bedienen."

Rosanna hob hilflos die Hände. „Macht der Gewohnheit."

„Kein Problem. Ich komme gleich mit Enzo rüber in die Küche, und wir trinken gemeinsam einen", schlug Laura vor.

Rosanna nickte freudig. Renato hatte einen kleinen Automaten in der Kanzlei, versorgte sich und die Klienten selbst. Sie musste nur abends die Reste entsorgen, das Geschirr abwaschen und den harmlosen Inhalt des Papierkorbs schreddern. Seiten mit klientenrelevanten Daten vernichtete Renato generell sofort selber.

Enzo wedelte vergnügt mit dem Schwanz, als sie die Küche betraten. Er hatte den Raum, wo sein Wassernapf stand, sofort wiedererkannt. Er trank, Laura ging mit ihm hinaus und lobte ihn mit einem Leckerchen, als er brav an der Hecke sein Bein hob. Die Knopfaugen strahlten. Dann legte er sich unter den Küchentisch Laura zu Füßen.

„Oh, ein Fußwärmer! Praktische Sache", kicherte sie, weil er Körperkontakt hielt. Sie fotografierte von oben unter den Tisch und schickte das Bild Anabelle mit den Worten: Zweifarbiger Wärmeschuh Enzo, damit ich links und rechts nicht verwechsele.

Anabelle rief sofort an, weil sie zwar den Namen beim Züchter gehört, aber den auffälligen Hund nicht gesehen hatte. Laura gab allumfassend Auskunft.

„Einfach nur schön, dass er jetzt bei euch sein darf", begeisterte sich Anabelle. „Ich freue mich darauf, wenn ihr zum Spielen zu uns kommt!"

Renato verließ inzwischen mit dem Auto das Grundstück, in dem Wissen, dass um diese Zeit die komplette Belegschaft von Rosso-Elektrik anwesend sein werde.

„Gut, dass du kommst!", rief Marcos rechte Hand Nino. „Ich kann den Boss, seit drei Tagen, nicht erreichen!"

„Deshalb bin ich hier", erwiderte Renato. „Gehen wir ins Büro. Sag den anderen, sie sollen bitte warten."

Nach einer Viertelstunde traten sie zu den Männern in den Aufenthaltsraum, wo Renato bekanntgab: „Aufgrund des plötzlichen Ablebens von Marco gilt ab sofort eine Sonderregelung, die ich erwirken konnte. Nino wird als Geschäftsführer auf unbestimmte Zeit eingesetzt, um Ihre Arbeitsplätze zu sichern. Er ist Ihr Ansprechpartner in allen Belangen. Für die beiden Auszubildenden ändert sich nichts. Sie werden hier weiterhin den bestmöglichen Start ins Berufsleben bekommen. Sobald es Erkenntnisse gibt, die auf Sie alle Einfluss haben könnten, werden Sie umgehend benachrichtigt."

Die Belegschaft atmete auf und Nino drückte Renato fest die Hand zum Abschied. „Sag Rosanna, dass ich sie in jeder Weise unterstützen werde. Vielleicht entschließt sie sich ja doch noch, die Firma wenigstens auf dem Papier zu übernehmen."

„Mache ich, genau mit der gleichen Verbissenheit, wie ich alles daran setzen werde, dass Umberto mit einem Minimum zufrieden sein muss. Wenn man nur wüsste, was er vor hat! Auf der Flucht vor den Behörden zu sein, heißt ja nicht, dass er keine anderweitigen Schuftigkeiten plant. Seid also bitte wachsam!" Renato startete den Motor.

Kaum zurück legte er Rosanna die Fakten auf den Tisch. Rosanna überlegte lange. Sehr lange und Renato glaubte schon, sie werde ablehnen, als sie sagte: „Ich möchte die Meinung von Adriano einholen."

Sofort wählte Renato die Nummer und erwischte die komplette Familie auf der Treppe.

„Ich komme mit Luca rüber!“, sagte Adriano sofort.

„Dann bringe die beiden anderen auch mit, damit es ein schöner Abend wird!“, bat Renato.

Als er Laura Bescheid gab, war die mit einem Satz in der Küche, um Salate und Häppchen vorzubereiten. Rosanna eilte ihr hinterher. Enzo holte sein Plüschtier, weil ihm die plötzliche Aufregung nicht geheuer war. Es schien aber eine gute Sache zu sein, die alle in Betriebsamkeit versetzte, denn es landete immer wieder ein Wurst- oder Käsekrümel direkt vor seiner Nase. Als ein paar Minuten später sein Bruder Emile durch die Tür kam, hob Enzo fast ab, so sehr wedelte er mit dem Schwanz.

„Sowas von niedlich!“, lachte Luca, die beiden synchron kraulend.

Laura und Anabelle gingen mit den Hunden in den Garten, die anderen zogen sich zur Beratung zurück. Nach einer halben Stunde schien die Entscheidung gefallen zu sein, denn in der Kanzlei ging das Licht aus. Alle vier wirkten auch sehr zufrieden, sodass in Ruhe geschmaust werden konnte. Die pelzigen Brüder kauten an einem Ochsenziemer.

Als die Sprache darauf kam, welches Glück Enzo habe, wirklich geliebt zu werden, ging über Lucas Kopf scheinbar eine Glühbirne auf. Alle schauten ihn erwartungsvoll an. „Mir ist gerade ein Gedanke bezüglich der Chronik gekommen", gab er bekannt. „Dass nie von Töchtern die Rede ist, heißt doch nicht zwingend, dass es sie nicht gegeben hat! Es könnten doch auch mehrere Töchter und jeweils nur ein einziger Sohn gewesen sein!"

„Hm. Klingt logisch", murmelte Adriano. „Frauen sind ja fast komplett weggeschwiegen worden. Bis auf die beiden, die wegen ihres Kräuterwissens als Hexen verbrannt wurden. Irgendwo müssen die Söhne ja hergekommen sein. Ich sagte ja, ich habe sicher einiges nicht exakt interpretiert. Zumal du die Geschichte jetzt gezielt durchforstest, während ich nur allgemein wissen wollte, was uns anders macht." Er hob sein Glas. „Auf unsere Vorfahren!"

Alle prosteten ihm zu. Anabelle lächelte verschmitzt. „Und da habe ich als erste und einzige Veränderung, sofort ein Kräuterbeet angelegt gehabt, kaum dass wir nach Verona gezogen waren, ohne von der Chronik zu wissen. Vielleicht gedeiht ja deswegen alles so hervorragend."

„Würde mich nicht wundern", schmunzelte Luca, „denn es gibt keine Zufälle im Leben." Er blinzelte Laura zu.

„Freut er sich jetzt auf viele Töchter?", überlegte Renato laut und sehr breit grinsend, worüber die anderen in schallendes Lachen ausbrachen.

„Eher aufs Machen“, witzelte Adriano, spaßig Laura beide Hände auf die Ohren legend, weil noch drei Monate an der 16 fehlten.

Luca schaute unwissend-naiv in die Runde, worauf das Lachen erneut aufflammte.

„Da bin ich aber froh, dass wir nicht mehr im Mittelalter leben, und bremsen können, wenn es zu viele werden“, kicherte Laura. Und bevor jemand etwas einwenden konnte: „Reden wir lieber nicht darüber, dass da am Ende nur die ganz Harten durchkamen.“

„Ich habe gehört, eure Theatergruppe hat sich aufgelöst“, wandte sich Adriano an Laura, weil sich das Thema geradezu aufdrängte.

„Zwangsläufig. Weil die einen zum Studium gehen, die anderen immer noch an ihren Verletzungen laborieren und beim Rest einfach die Luft raus ist“, erzählte Laura. „Ich nutze die frei gewordene Zeit anderweitig. Zum Beispiel, um mit Enzo auf den Hundeplatz zu gehen, wo er, wenn er möchte, die Parcours laufen kann. Wer weiß, wozu das mal gut sein könnte. Zwanglos jedes verfügbare Wissen aufzusammeln, war ja schon immer von Vorteil.“

Keiner bemerkte den kurzen Blick, den Adriano und Luca wechselten und wenn, dann hätten sie ihn auf Lauras allgegenwärtige Wissbegier bezogen.

Ein paar Tage nach dem Treffen bestand Laura ihre Fahrprüfung und teilte das den Mancini zünftig mit, indem sie auf der KTM erschien. Sie knuddelte Emile, bis Luca ein paar Minuten später vom Bus kam und sich riesig mit ihr freute. Natürlich gab es ein Küsschen auf die Stirn, das Laura ein verträumtes Lächeln ins Gesicht zauberte.

„Am Wochenende fahren wir eine kleine Tour nach Bardolino", bot Luca an.

Laura lächelte sphingenhaft. „Die würde ich lieber als Sozia auf der Harley erleben."

„Hach, bei einem Blick, wie ihn auch Emile und Enzo als Waffe einsetzen, kann ich mich nur ergeben", seufzte Luca gespielt gequält. „Hast gewonnen!"

„Super! Ich muss auch gleich wieder nach Hause zurück", erklärte Laura. „Rosanna durfte heute mit Polizeibegleitung in ihr Haus, Kleidung und persönliche Dinge holen, ehe es wieder versiegelt wurde. Sie braucht ein bisschen mentale Unterstützung. Dann erst mal bis morgen!" Sie fuhr im Schritttempo aus dem Hof.

„Sagt ein Mädchen von noch nicht mal ganz 16", staunte Adriano.

Luca strahlte. „Ich liebe dieses Geschöpf!"

Anabelle klopfte ihm schmunzelnd auf die Schulter. „Wenn das jemand nach zehn Jahren fast täglichem Miteinander sagt, muss es funktionieren."

Emile setzte sich wie eine Statue vor Luca und starrte ihm in die Augen. „Warst du nicht gerade auf Runde?", murmelte Luca, seine Eltern verunsichert anschauend.

„Richtig", bestätigte Anabelle.

Luca kratzte sich hinterm Ohr. „Ich denke, ich sollte der Aufforderung und dabei dem Hund folgen. Ich vermute, er will mir etwas sagen, zu dem ihm die Worte fehlen."

„Na, jetzt wird es interessant", flüsterte Adriano als Luca Halsband und Leine holte, während Emile sitzenblieb, ohne mit einem Muskel zu zucken. „Erinnerst du dich, dass er heute mehrmals auffällig am Zaun geschnüffelt hat, als wir von Runde kamen? Vor allem in einer Höhe, die kein Hund anpinkeln kann."

Das tat Emile auch sofort wieder, als sie das Tor verließen. Er stellte sich sogar auf die Hinterbeine.

„Ist heute was vorgefallen?!", rief Luca seinen Eltern zu.

„Nicht, dass wir wüssten. Aber Emiles Verhalten beunruhigt uns", gab Adriano zurück. „Ich werde mal die Überwachungsvideos checken." Die zeigten zwar nicht den Gehweg, aber den anschließenden Hofbereich.

„Such!", befahl Luca Emile und der machte sich, die Nase auf dem Boden, auf einen vorbestimmten Weg. Dass dieser direkt zum Haus der Andreotti führte, erschreckte Luca. Auf sein Klingeln öffnete Mario, der staunte, seinen Freund mit Hund zu sehen, ohne eine Kurzinformation bekommen zu haben. Er bat die beiden herein und wenig später erzählte Luca ihm und Gepetto, wie es dazu gekommen war.

„Äußerst ominös“, brummte Gepetto. „Uns ist weder Eros ausgebüxt, noch war jemand aus der Familie bei euch.“

Mario kraulte Emile unterm Kinn. „Er läuft doch frei herum, wenn die Praxis geschlossen ist. Vielleicht hat er jemanden beobachtet, der sich bei euch und bei uns zu schaffen gemacht hat. Ich habe gestern zwei Ecken weiter einen Kerl gesehen, den ich auf den dritten bis vierten Blick für Umberto gehalten habe.“

„Stimmt! Das hast du mir sogar auf der Stelle per Telefon berichtet!“, rief Gepetto. „Renato hat wohl nicht umsonst gebeten, die Augen offen zu halten!“

„Jetzt mache ich mir aber ernsthafte Sorgen, denn Rosanna war heute mit der Polizei in ihrer Villa“, murmelte Luca. Er rief sofort Renato an, der sich per Videokonferenz mit den drei beisammensitzenden Männern und Adriano verband. Nur zum Gespräch kamen sie nicht, weil plötzlich im Hintergrund das wütende Gebell Enzos, gemischt mit Knurren, Schmerzgeschrei und Kampfgeräuschen ertönte.

Luca und Mario sprangen auf, wie von einer Stahlfeder getrieben, rannten zur Garage und waren im Augenblick eines Wimpernschlags mit Wahnsinnsgeschwindigkeit auf dem Weg zu Renatos Anwesen. Gepetto nahm die Hunde an die Leine, um Emile nach Hause zurückzubringen.

Als die jungen Männer ankamen und den lauten Stimmen in der Villa Belzoni folgten, hockte Laura auf dem Rücken des im Flur am Boden liegenden Umberto und knotete ein Geschirrtuch als Fessel um die nach hinten gedrehten Arme. Enzo überwachte die Prozedur mit gefletschten Zähnen, bereit, sofort wieder zuzubeißen, sollte sich der Delinquent auch nur mucksen. Rosanna stand am ganzen Körper zitternd in eine Ecke gedrückt und Renato rieb sich breit grinsend die Hände. „Die Polizei wird gleich hier sein."

Luca riss Laura in seine Arme und überschüttete sie regelrecht mit heißen Küssen.

„Verschwindet mit der Maschine hinterm Haus", blinzelte Renato.

Luca nickte und zerrte Mario hinaus, der gar nicht begriff, warum sie das tun sollten. Luca schob das Motorrad eigenhändig in die Garage und legte einen Finger auf den Mund. „Erstens: Wir sind ohne Helme gefahren. Zweitens: auf einer Single-Maschine. Drittens: mit extrem überhöhter Geschwindigkeit. Rosanna hat uns in ihrem Schockzustand vermutlich nicht mal wahrgenommen. Gesprochen haben wir nicht, unsere Namen sind nicht gefallen, sodass uns auch Umberto nicht verpfeifen wird, weil er uns gar nicht gesehen hat."

„Hast recht, wie immer", raunte Mario, denn draußen traf soeben die Polizei ein. „Und wenn sie hierher kommen, schrauben wir gerade am

Motorrad und haben wegen des immer wieder laufenden Motors nichts gehört und gesehen."

„Genau!", bestätigte Luca zufrieden. Er tippte für Adriano und Gepetto eine Meldung ein, Ruhe zu bewahren und keinen anzurufen.

Nach einer Dreiviertelstunde trat Renato in die Garage und gab Entwarnung. „Jetzt kommt nur noch der Doc, weil Rosanna komplett unter Schock steht."

Laura begutachtete gerade einen Bluterguss an ihrem Kinn und mehrere blaue Flecke an den Armen. „Gar nicht mal so übel gegen einen, der mindestens zwei Gewichtsklassen höher liegt. Mit ein bisschen Schminke und langen Ärmeln kann man es sicher kaschieren."

Luca lachte auf. „Das nenne ich Humor!"

Statt zu erzählen, was passiert war, fragte Laura: „Wie kommt es eigentlich, dass ihr plötzlich aufgetaucht seid?"

Worauf Luca zum Besten gab, wie er Emile nachgelaufen war und dass die Anwesenheit genau davon die Folge sei. „Dann hat uns dein Pa sofort hinters Haus befohlen, damit wir der vielen Verstöße wegen, nicht noch Strafe bezahlen müssen."

„Sie haben die Maschine sogar auf die Hebebühne gestellt, um emsiges Schrauben vorzutäuschen", kicherte Renato.

„Jetzt wollen wir aber auch wissen, was hier los war!", rief Mario.

„Ich stand gerade am Herd, um mit Rosanna das Abendbrot zu bereiten, als das Fenster splitterte, weil eine vermummte Gestalt hereinhechtete. Ich habe die große Pfanne geschnappt, mehrmals damit zugeschlagen und Enzo hat mir geholfen, indem er sich im Bein des Angreifers verbiss. Da standen meine Chancen besser, ihm alles um die Ohren zu dreschen, was irgendwie in Reichweite war, bis ich meine Pfanne wieder greifen konnte, die er mir aus der Hand gerissen hatte. Am besten war aber der Pfefferstreuer aus Porzellan – der zerbrach nämlich genau in seinem Gesicht. Ich musste also nur noch mal mit der Pfanne richtig fest zuschlagen und ein Geschirrtuch zweckentfremden.“

Die beiden Freunde brachen wegen des trockenen Berichts in schallendes Lachen aus.

Laura grinste vergnügt. „Da könnt ihr euch sicher denken, was ich ein Mal die Woche mache, statt Theater zu spielen.“

„Klingt nach Selbstverteidigung“, schmunzelte Luca.

„Bingo!“ Laura öffnete die Küchentür. „Und so sieht es aus, wenn man es in der Praxis anwenden muss.“

„Ach, du Scheiße!“, rutschte es Mario heraus. „Das ist ja ein regelrechtes Schlachtfeld! Das sieht ja furchtbar aus!“

„Der hat ja auch nicht stillgehalten“, beschwerte sich Laura grinsend. „Au!“ Sie hielt sich den rechten Arm, als sie die Tür wieder schließen wollte.

„Du wirst dich dann ganz brav untersuchen lassen, wenn der Doc kommt!", riefen Luca und Renato zugleich.

Das Ende vom Lied: Rosanna musste für eine Nacht zur Überwachung im Krankenhaus bleiben. Laura durfte wieder nach Hause, trug aber Gips, weil sie sich das rechte Handgelenk angebrochen hatte.

Mario borgte sich Renatos Helm, um heimzufahren, während Luca das Schlachtfeld aufräumte und eine alte Abdeckfolie aus der Garage ins geborstene Fenster klebte. Renato brachte ihn mitten in der Nacht mit dem Auto nach Hause.

„Wir reden morgen", sagte Luca nur noch zu seinen Eltern, in seinem Zimmer verwindend und gleich in Klamotten quer überm Bett einschlafend. Dass Laura verletzt war, hatte am meisten an seinen Nerven gezerrt.

VII.

Diesmal bremste Renato nicht, als eine Gazette um ein Interview bat. Laura hatte sich das erste Mal für einen Tag einen Krankenschein für die Schule geben lassen und so erfuhren die Klassenkameraden aus der Morgenzeitung des Folgetages, was sie bei Lauras Ankunft erwarten werde. Zumal die auch keinen Bock hatte, sich Make-up zu kaufen, mit dem sie keinerlei Erfahrungen hatte. Sogar dem tapferen Enzo waren ein paar Zeilen gewidmet.

„Ach, du großer Gott!“, rief einer, der als Raufbold bekannt war. „Tut das nicht weh?“, auf den schwarz-blauen Bluterguss am Kinn deutend.

„Sicher. Besonders beim Lachen. Aber das müsstest gerade du ja am besten wissen“, grinste Laura, worauf er zurück grinste. Er hatte sich, blaugefleckt, jedes Mal eine Woche Auszeit von der Schule genehmigt.

Rosanna fiel fast in Ohnmacht, als Laura vom Unterricht kam. Sie hatte wirklich nicht mitgeschnitten, was alles passiert war, und dass Laura wie eine Löwin gekämpft hatte. Sie schüttelte nur ungläubig mit dem Kopf, als Laura kicherte: „Vaters Geld für meine Freizeitbeschäftigungen ist jedenfalls gut angelegt. Ich muss nur noch einen neuen Pfefferstreuer aus dünnem Porzellan besorgen. Der hat mich als Waffe überzeugt.“

Die beiden gleichen letzten Sätze ließen wenig später die Mancini lauthals in Lachen ausbrechen. Renato hatte Laura zu ihnen gefahren und gleich zum gemeinsamen Abendbrot um 19 Uhr mit den Andreotti bei Vincenzo eingeladen. Er hatte noch einen Geschäftstermin, Rosanna sollte den Fliesenleger hereinlassen, denn in der Küche war der Fußboden mehr in Mitleidenschaft gezogen worden, als es zuerst ausgesehen hatte. Die gußeiserne Bratpfanne hatte nicht nur an Umberto deutliche Spuren hinterlassen, wie Renato amüsiert beim Abendessen bekanntgab.

„Das gönne ich ihm von ganzem Herzen", murmelte Rosanna, sich ein paar Tränen wegwischend und dankbar Lauras gesunde Hand drückend.

Enzo saß mit seinen Brüdern unterm Tisch und bewachte Laura. Zudem hatte ihnen Gianna drei getrocknete Schweineohren serviert und da war keine Zeit, für andere Dinge.

„Schade, dass am Samstag die Tour ausfallen muss", sagte Laura, betrübt den Gips betrachtend.

„Unfug! Ihr nehmt das Auto und fahrt meinetwegen nach Venedig, um euch einen schönen Tag zu machen!", rief Adriano.

„Juhuuu, Venedig!", jubelte Laura.

„Und da ist er wieder, dieser Blick", grinste Luca. „Okay, dann eben Venedig und bitte ohne Katastrophen."

„Deshalb diebstahlsichere Taschen, die man richtig fest unter den Arm klemmen kann", forderte Adriano. „Anabelle hatte da eine, die war einfach ideal."

„Die habe ich noch", schmunzelte sie.

„Oh. Borgst du sie mir?", bat Laura. „Ich besitze nur Rucksäcke."

„Aber klar doch. Möge sie dir genau so viel Glück bringen wie mir. Das ist nämlich unsere Kennenlerntasche", verriet sie.

„Ui, dann hat sie ja fast schon historischen Wert", kicherte Laura vergnügt. Plötzlich verstummte sie. „Vielleicht sollte ich mir für den Samstag doch ein paar Schminktipps holen. Fatal, würde jemand bei meinem Anblick glauben, Luca schlüge mich."

„Das wäre wirklich eine unangenehme Situation", gab Luca zu.

„Oder wir verschieben es ganz, bis ich nicht mehr wie eine Tüpfelhyäne aussehe", schlug Laura vor. „Es hatte ja schon einen merkwürdigen Beigeschmack, als die Mädchen in Sirmione mein Alter ansprachen. Deshalb konnte ich auch nur mit ‚Bruder' zurückschießen, um die Fronten zu klären."

„Vergiss es", sagte Luca, genau so ernst. „Ich besorge dir einen Termin im Beautysalon, damit du ein haltbares Profi-Make-Up bekommst, und dann fahren wir nach Venedig und machen uns einen zauberhaften Tag. Ohne dumme Anmache von irgendwem, weil solch ein Styling auch dein Alter optisch etwas nach oben setzt."

Laura strahlte. Mario schüttelte erstaunt den Kopf. Luca meldete auf diese Weise das erste Mal offen Ansprüche an der pfiffigen jungen Dame an.

Renato schob zwei Scheine über den Tisch. „Vom Eisessen wird ja nichts mehr übrig sein", schmunzelte er.

„Ich wollte schon mein Sparschwein schlachten", seufzte Laura.

„Lass das arme Vieh leben!", schlug Adriano vor. „Der Tank wird bis dahin voll sein und das Wetter spielt auch mit."

„Manchmal glaube ich, du machst es selber, statt nur zu wissen, wie es wird", murmelte Luca, seinem Vater einen prüfenden Blick widmend.

„Wenn du schon sowas sagst, was glaubst du wohl, wie wir normale Menschen beeindruckt sind?", murmelte Gepetto.

Adriano schaute sich suchend um. „Normale Menschen? Wo?!"

„War ja klar, dass sowas kommt!", feixte Mario. „Ich denke, man muss schon ein bisschen verrückt sein, um hier dazu gehören zu dürfen. Das erleichtert die Sache ungemein."

Alle grinsten sich an, nickten und hoben die Gläser.

„Und wenn du nicht mehr buntgefleckt bist, hast du wahrscheinlich Ferien, sodass es nicht schlimm sein wird, wenn ich dich Freitagabend mit der Harley entführe und erst Sonntagabend wieder nach Hause bringe", wandte sich Luca an Laura, die nur ein selig gehauchtes „Ohhhh" herausbrachte. „Warme Motorradkleidung treiben wir garantiert auch bis dahin auf, weil es unterwegs sehr kalt sein wird."

„Die steht auf meiner Weihnachtswunschliste", sagte Laura verzagt.

Luca zuckte lustig mit den Schultern. „Der Weihnachtsmann hat derart viele brave Geschöpfe zu beschenken, dass er hin und wieder Lieferungen erheblich eher eintaktet. Wobei er dann auch noch bis Dezember vergisst, dass er ja schon was geliefert hat."

„Wenn du deine Geburtstagswunschliste mit der Weihnachtswunschliste tauschst, könnte es vielleicht passen", witzelte Gepetto. „Sogar vom Datum, wo du es brauchen könntest."

„Was sonst nicht passt, wird auch noch irgendwie passend gemacht, indem wir es als Position der Zwischendurchwunschliste deklarieren", legte Anabelle fest.

„Bringt mich nur noch auf solche Ideen!", schnaufte Laura. „Dann sage ich Pa, dass er euch die Ohren langziehen muss, wenn ich zum Moloch mutiere."

„Kann ich mir bei dir nicht vorstellen, zumal der Part fest durch Umberto besetzt ist", murmelte Rosanna mehr für sich, dann seufzte sie schwer.

Für den Ausflugssamstag schlüpfte Laura schon am Freitag bei den Mancini unter, denn der Beautysalon lag fast gegenüber am anderen Ufer. Luca hatte sich die durchschnittliche Zeitdauer für das Stylen sagen lassen, um nicht kribbelig zu werden. Dass der Samstag mit strahlendem Sonnenschein begann, werteten schon mal alle als gutes Zeichen. Luca begleitete Laura mit Emile hinüber und bat, ihn anzurufen, wenn sie fertig sei.

„Oh je! Das sieht ja wirklich schlimm aus!“, rief die Kosmetikerin. „Noch irgendwelche Absprachen?“, fragte sie vorsichtshalber.

„Nein, es bleibt beim möglichst natürlichen Make-up“, waren sich die jungen Leute einig. „Den Bluterguss kaschieren, ein bisschen Wimperntusche und die Augenbrauen vielleicht noch.“

„Sind Sie nicht die junge Dame aus der Zeitung, die mit der Bratpfanne einen Einbrecher zur Strecke gebracht hat“, fragte die Kosmetikerin plötzlich, auf den Gips zeigend.

„Hmm, die bin ich wirklich“, gab Laura zu.

„Oh! Darf ich vorher / nachher Bilder machen?“

„Gern. Falls mein Vater nichts dagegen hat, wäre das sogar eine super Werbung für Sie“, schlug Laura vor.

„Das wäre fantastisch. Aber das klären wir am Montag. Sagen Sie bitte sofort, wenn ich Ihnen bei der Behandlung Schmerzen bereite!“

„Ich beiße die Zähne zusammen. Selbst das alte Sprichwort sagt: Wer schön sein will, muss leiden“, kicherte Laura. „Zudem habe ich seit dem Artikel einen Ruf zu verteidigen – hart im Geben und brutal im Nehmen.“

Das schallende Lachen der Saloninhaberin hörte man sicher bis zum Fluss.

Als Luca nach einer Dreiviertelstunde wiederkam, weiteten sich seine Augen vor Staunen, was er auch in dankbare Worte fasste. Laura sah einfach umwerfend aus. Er zog das Portmonee aus der Jackentasche.

Die Inhaberin wehrte ab. „Darüber nachzudenken, hebe ich mir bis Montag auf. Machen Sie sich einen schönen Tag und viele Spaß!“

Laura berichtete auf dem Weg zur Villa der Mancini, wie sie erkannt worden war und was sie vorgeschlagen habe. „Ich habe Pa schon eine Sprachmeldung geschickt, dass er sich am Montag mit der Chefin des Salons in Verbindung setzen soll.“

Anabelle und Adriano kamen aus der Praxis, um Laura zu begutachten. „Wow!“, riefen beide synchron. „Unglaublich, was man alles unsichtbar machen kann. Du siehst fantastisch aus!“

„Danke! Ich bin so glücklich!“, jubelte Laura.

Luca hielt ihr mit genau so strahlendem Lächeln die Autotür auf. Er half ihr galant beim Einsteigen, schnallte sie an, damit sie ihre verletzte Hand schonen konnte und fädelte sich gleich darauf mit dem Van in den dichten Vormittagsverkehr auf der Straße ein.

„Ich habe in den letzten Tagen ziemlich viel über die Zukunft nachgedacht", erzählte Laura, als Luca fragte, wie es ihr gehe, jetzt wo Rosanna mit im Haus wohne. „Ich werde versuchen, in Verona Rechtswissenschaften zu studieren, falls ich das Abi nicht vergeige."

„Das Erste finde ich super, das Zweite kann ich nicht glauben", erwiderte Luca. „Wobei du nicht glücklich, über deine eigene Wahl, zu sein scheinst."

Laura lächelte. Es tat unendlich gut, dass er immer an sie glaubte. „Rosanna und auch mein Vater sind gebrannte Kinder", fuhr Laura also fort. „Pa gibt ihr die nötige Zeit zur Trauerbewältigung, ist für sie da, wenn es um die Firma geht, scheint sogar interessiert zu sein, auf engere Verbindung in der Zukunft zu planen. Ich wiederum hätte nichts dagegen, wenn es sich so ergäbe. Rosanna würde nie auf die Idee kommen, sich in irgendeiner Weise in mein Leben zu mischen. Ich gewöhne ihr gerade ganz vorsichtig ab, mich wie Graf Koks von der Gasanstalt zu hofieren, wie es Umberto als völlig normal angesehen hat. Sie ist als Haushälterin eingestellt und nicht als meine Sklavin. Enzo mag sie und sie ihn. Er gehorcht ihr aufs Wort und sie fühlt sich sicher, wenn er bei ihr ist. Das ist in groben Zügen der derzeitige Stand im Hause Belzoni."

„Gut zu wissen, dass dein Vater weiterführendes Interesse an Rosanna hat. Das haben mein Vater und ich vorausgesagt, weil meine Mutter Angst um dich hatte, als Rosanna bei euch einzog“, verriet Luca. „Ich habe auch einiges in Planung, falls ich mein Studium nicht vergeige.“

„Jetzt bin ich versucht, deinen Satz zu wiederholen“, schmunzelte Laura. „Ich weiß hundertprozentig, dass du eines Tages den Doktortitel tragen wirst.“

Diesmal lächelte Luca still in sich hinein. „Ich habe vor, den Seitentrakt, der jetzt Lagerbereich ist und im Winter die Gartenmöbel aufnimmt, als Praxis einzurichten. Die Räume sind genau spiegelverkehrt zu denen meiner Eltern. Für den Gartenkrimskrams könnte man hinten an die Garage anbauen. Die müsste auch bis an die Grundstücksgrenze verlängert werden, um unsere Fahrzeuge mit unterbringen zu können. Ich möchte nämlich, die leere Etage über meinen Eltern für uns auszubauen. Die Zimmer sind gleich groß, nur nicht genau so hoch. Dann werden sie im Winter schneller warm. Vater und ich grübeln auch gerade darüber nach, einen Lift anzubauen.“

Laura dachte einen Moment über das Gehörte nach. „Wenn es deinem Vorankommen dient, würde ich sogar auf die Rechtswissenschaften verzichten und eine Ausbildung als Schwester machen, um eines Tages deine rechte Hand in deiner Praxis zu werden, wie es deine Mutter für deinen Vater ist.“

„Was wäre mit einem Grundstudium der Medizin?“, überlegte Luca laut. „Dann hättest du eine Basis, falls du irgendwann aufstocken willst. Du weißt ja, wie lange ich noch die Schulbank drücken werde.“

„Überlegenswerter Gedanke. Ich hatte ja sogar früher Tierärztin mit auf dem Zettel“, murmelte Laura. „Ich bin ziemlich sicher, dass ich es genau so machen sollte, wie du es soeben vorgeschlagen hast. Wie du schon mal sagtest, es ist mein Leben. Da muss ich nicht Anwältin werden, wenn das nicht wirklich mein Ding ist.“

Luca blinzelte vergnügt. „Wir werden sicher genug dämliche Ziegen und sture Esel in der Sprechstunde haben, dass du dich sogar wie beim Veterinär fühlen kannst.“

Und dann schwelgten sie vergnügt in den Erinnerungen an die vielen Experimente, die sie als Kinder durchgeführt hatten, bei denen Laura Lucas kleine Assistentin gewesen war.

„Deine Familie und mein Pa haben mir eine wundervolle Kinderzeit beschert“, freute sich Laura. „Mit Schokoladenschnute, Grasflecken in der Hose und Sandkörnern bis in die Ohren. Claudia hat mich neulich auf den Fleck angesprochen, den du mir mal aus dem Shirt geschrubbt hast. Daran erinnere ich mich besonders dankbar. Ich weiß nicht, womit mich Bianca bestraft hätte, aber es wäre drakonisch gewesen." Laura bezeichnete sie schon seit Jahren nicht mehr als Mutter.

„Genau deshalb habe ich es getan. Als ich Hänsel und Gretel gelesen hatte, trug die böse Mutter, die ihre Kinder im Wald ausgesetzt hatte, plötzlich Biancas Gesicht. Deinem Pa hatte ich davon erzählt und er bestätigte meine Vermutung, dass in jedem Märchen ein Krümel Wahrheit steckt. Ich habe daraufhin meinem Vater gesagt, dass sie dich bestimmt in den Wald gebracht hätte, wären die Kameras an eurem Haus nicht gewesen. Und auch, dass dein Vater schneller war, damit das nicht passiert. Mir würde es unendlich guttun, würden wir eines Tages an etwas Gemeinsamen arbeiten."

„Mir auch. Ich fühle mich doch nur wirklich komplett, wenn ich in deiner Nähe sein kann." Laura lächelte sanft. „Äh, verpasse die Abfahrt nicht!"

„Ach herrje! Du hast recht!" Luca schlüpfte in die Auto-Schlange, die die Autobahn verließ.

Laura stellte das Navi etwas lauter, damit sie zeitig genug wussten, wie es weitergehen werde. „Ich freue mich auf Venedig", strahlte sie. „Kaum zu glauben, dass ich noch nie hier gewesen bin. Aber immer ist irgendwas Komisches oder Beängstigendes passiert, wenn es auf dem Plan stand."

„Ich werde mir ganz große Mühe geben, die Schatten der Vergangenheit zu vertreiben", ver-

sprach Luca lächelnd, das Auto in eine Parkta-
sche manövrierend.

Laura betrachtete ihr Gesicht im Rückspiegel.
„Den ersten Teil davon hast du heute früh
schon obersupergut durchführen lassen."

Luca nickte zufrieden. Lauras Verletzungen
hatten ihn innerlich genau so geschmerzt, wie sie
körperlich. Nun sah sie einfach hinreißend aus.
Er öffnete ihr die Tür, half ihr beim Aussteigen
und wartete, bis sie ihre Tasche umgehängt hatte, ehe er das Auto abschloss. Dann bot er ihr
den Arm. Laura hängte sich glücklich lächelnd
ein, um gemächlich zum Hafen der Shuttleboote
zu spazieren.

Auf der Überfahrt in die wundervolle Lagu-
nenstadt trafen sie immer wieder die neidischen
Blicke anderer Mädchen, denen es nicht schlecht
gefallen hätte, an ihrer Stelle neben Luca zu sitzen. Seine geheimnisvoll strahlenden haselnuss-
braunen Augen waren auch wirklich mehr als
drei bis vier Blicke wert. Nur hatte es sich Laura
inzwischen angewöhnt, statt die anderen zu
taxieren, sie komplett zu ignorieren. Das traf die
meisten völlig unerwartet und oft ziemlich tief,
weil es Endgültigkeit verriet. Nur verbale Anmache konterte sie mit scharfer Zunge. Dass sich
Luca über die leicht irritierten Damen amüsierte,
zeigte sein kaum merkliches Zucken mit dem
Augenlid.

Auf dem Weg zum Markusplatz legte Laura
ihre verletzte Hand auf Anabelles Tasche, um in

den Menschenmassen nicht angerempelt zu werden.

„Alles in Ordnung?“, fragte Luca besorgt.

„Flucht nach vorn, um es nicht schlimmer zu machen“, verriet Laura. „Für den Notfall habe ich ein Tuch mitgenommen, damit ich den Arm in der Schlinge tragen kann.“

„Gut, das beruhigt mich“, atmete Luca auf. Laura war vernünftig genug, zu wissen, wann es soweit sein werde. Weil er sowohl mit seinen Eltern als auch Mario schon hier gewesen war, führte er Laura durch die Museen, den Markusdom und zu den wundervollsten Ecken der Stadt. Zwischendurch aßen sie Eis, tranken Cappuccino und beschlossen, sich einen Gondoliere für eine lange Fahrt zu mieten. Obwohl sie die Ersten gewesen waren, schnappte sich ein anderes Paar einfach die freie Gondel. Ehe Laura aufbegehren konnte, drückte Luca sanft ihre Hand und schloss für einen Wimpernschlag beide Augen. Er stieg mit ihr sogar erst in das dritte freie Boot.

Wenig später war Laura froh, nicht interveniert zu haben, denn die beiden anderen Gondeln mussten wegen eines Polizeieinsatzes anlegen, der auch die Paketboten behinderte, die ebenfalls festmachten und die ersten Boote komplett blockierten. Mit einem fröhlichen Lied auf den Lippen zog ihr Gondoliere an den anderen vorbei. Laura kuschelte sich an Lucas Schulter. Der hatte, seinem vergnügten Grinsen nach, genau gewusst, was kommen werde.

Der sangesfreudige Gondoliere stimmte eine Arie an, mit der er glatt auf eine der besten Opernbühnen gepasst hätte. Laura war selig. Unterwegs gab der junge Mann bekannt, wie gern er Liebespaare fahre, die noch ein Auge für die Schönheiten seiner Heimatstadt hätten, statt gelangweilte jugendliche Reisegruppen, die nicht übers Wasser, sondern nur aufs Handy schauten. Natürlich hatte Laura unzählige Fragen, die er gern und sehr ausführlich beantwortete. Beim Anlegen wünschte er „immerwährende Liebe".

Laura und Luca bedankten sich erfreut und sehr herzlich, blinzelten einander vergnügt zu und schlenderten Arm in Arm weiter.

An einem der Restaurants direkt am Wasser fragte Luca abends: „Hunger?"

„Hunger!", antwortete Laura im Brustton der Überzeugung. „Wirklich hier?", staunte sie, die Preisklasse erspähend.

„Genau hier", gab Luca bekannt. „Es ist dein Tag und den soll nichts trüben." Er bestellte alkoholfreien Champagner für beide. Das Fünf-Gänge-Menü war vorzüglich und Luca schaffte es, ohne Aufsehen zu erregen, für Laura Fisch und Fleisch in mundgerechte Happen zu zerlegen.

„Wie kommen wir dann eigentlich zurück zum Parkplatz?", fragte Laura beunruhigt, denn die offiziellen Touristenzubringer hatten schon Feierabend.

Luca lächelte vergnügt. „Mit dem Taxi.“

Das schnittige Motorboot hielt genau vor der Tür und brachte sie auf schnellstem Wasserweg zur Anlegestelle, von wo aus es nur noch ein paar Meter bis zum Parkplatz waren. Laura betrachtete unterwegs andächtig die illuminierten Gebäude am Ufer, die riesigen Passagierschiffe im Hafen und die geheimnisvoll funkelnde Lagune, wenn das Mondlicht das Wasser traf.

„Das war ein Kindertraum von mir, ein Mal mit einem Wassertaxi zu fahren“, verriet Luca, Laura beim Einsteigen ins Auto helfend.

„Es war ein wundervoller Tag!“, strahlte Laura. „Am coolsten war der Gondoliere. Bei ihm hat man deutlich gemerkt, dass er seinen Job nicht nur des Geldverdienens wegen liebt.“

Adriano war noch in der Garage, um sein Motorrad für die Ausfahrt mit den Freunden fit zu machen, als sie zu Hause eintrafen. „Ah, die Ausflügler sind wieder da! Ob es schön war, muss ich nicht fragen, bei den strahlenden Gesichtern“, schmunzelte er.

Beide nickten im Takt, worüber Adriano in herzliches Lachen ausbrach. Er schaute auf die Uhr. „Und, ich möchte wetten, Kinderträume erfüllt.“

„Treffer!", grinste Luca. „Von romantischer Gondelfahrt durch die ganze Lagune bis Wassertaxi zurück zum Parkplatz."

„Kein Wunder, dass ihr strahlt, wie Weihnachtskerzen", kicherte Adriano. Er schloss sich ihnen an, ins Haus zu gehen.

Anabelle öffnete die Wohnungstür und musste schmunzeln, weil Laura noch immer selig lächelte. Adriano schrieb Renato die Kurzmeldung: Kinder wieder da, Verona kommt heute ohne Straßenlicht aus. Sofort kamen ein Daumen nach oben und ein Tränenlachsmiley zurück.

„Da hat das Sparschwein also eine kräftige Ebbe erlebt", witzelte Adriano.

Luca hob die Schultern. „Das war mir meine Traumfrau wert. Ich kann es halt schwer ertragen, was ihr dieser Dreckskerl angetan hat."

Adriano legte ihm die Hand auf die Schulter. „Es passt schon. Ich hätte auch alle Register gezogen, um den Tag zu einem Erlebnis der Extraklasse werden zu lassen."

Anabelle nickte versonnen. Auch nach so vielen Jahren schaffte es Adriano immer wieder, sie mit wundervollen Wochenendfahrten zu überraschen.

„Ich bin sehr müde", murmelte Laura, wie um Entschuldigung bittend.

„Wenn du möchtest, geh einfach schlafen und mache dir keine Sorgen wegen irgendwelcher Make-Up-Flecken. Davon geht die Welt nicht unter!", schlug Anabelle vor.

Laura nickte dankbar und fiel tatsächlich wie ein Stein ins Bett.

„Sie schläft!", staunte Luca zwei Minuten später, der noch einmal nach ihr geschaut hatte, weil er sich Sorgen machte.

„Das sollten wir auch tun", gähnte Adriano. „Gute Nacht!"

Am Morgen versuchte Laura mit einer Hand die Schminke loszuwerden. Das unwillige Brummeln im Gästebad veranlasste Luca, zu klopfen und nachzufragen: „Brauchst du Hilfe?"

Die Tür öffnete sich einen Spalt und er hörte Laura seufzen: „Ja, denn ich schaffe es wirklich nicht allein."

„Nun, holde Maid, dann bietet Euch Euer fahrender Ritter seine Dienste an, denn der Hofstaat schläft noch."

„Überzeugt. Aber nicht erschrecken!" Die Tür öffnete sich.

„Oh ha", murmelte Luca. Ein kurzes Überlegen. „Du hast es doch nicht etwa mit Wasser versucht?"

„Ich hatte nichts anderes", erwiderte Laura, den Tränen nah.

„Verständlich, weil du keines dieser Schminkpüppchen bist", tröstete sie Luca. „Du nimmst das Badetuch mit ins Bett und legte es aufs Kissen, ich komme gleich und entferne auf die sanfte Tour deine etwas entartete Kriegsbemalung."

„Das hast du aber nett ausgedrückt." Laura zog die Nase hoch. „Ich hatte schon Angst, du sagst Clownsmaske."

„Ich würde nie Scherze auf deine Kosten machen und schon gar nicht mit sowas", erwiderte Luca, trockene und feuchte Abschminktücher, sowie diverse Wässerchen aus Anabelles Spiegelkonsole auf das Nachtschränkchen stellend. „Es könnte trotzdem weh tun." Er machte sich mit Pfirsichlotion und trockenen Tüchern ans Werk.

Laura biss die Zähne zusammen. Das sanfte Streicheln seiner Hände überwog den Schmerz aber deutlich.

Anabelle vermisste die Utensilien nicht, sie wollte nur schauen, ob Laura damit zurechtkäme. Sie klopfte an die Tür, trat auf Lucas: „Herein!", etwas irritiert ein und bekam große Augen.

„Kosmetikstudio Mancini, holen Sie sich Ihren Termin bei unserem Spezialisten!", tönte Luca, die letzten Reste mit einem Feuchttuch wegwischend.

Anabelles schallendes Lachen lockte Adriano und Emile herbei.

Luca grinste breit: „Na, schau mal einer an, wie sie plötzlich alle Schlange stehen!"

„Das bringt gute Arbeit mit sich", lachte Anabelle. „Problem perfekt gelöst. Besser hätte ich es auch nicht machen können."

Luca grinste. „Ohne Termin bekommt nur der Vierbeiner eine Kopfmassage. Heute sogar gratis." Er ließ seine Fingerspitzen sanft zwischen Emiles Ohren kreisen, der es mit selig verdrehten Augen genoss.

„Ich fülle schon mal die Tassen", schmunzelte Adriano, in der Küche verschwindend. Luca hatte buchstäblich auf jeden Topf einen Deckel. Er trug auch sofort die geliehenen Utensilien zurück. Anabelle tröstete Laura, die bekümmert ihren riesigen Bluterguss betrachtete. Aber hierfür hatte Adriano eine gute Idee: „Ich habe in der Praxis eine Salbe, die sehr hilfreich sein dürfte, um das Übel schnell wieder loszuwerden. Die ist für Verletzungen bei Leistungssportlern entwickelt worden. Also genau das Richtige, um dich wieder strahlen zu lassen."

„Wir haben gestern einige Dinge für die Zukunft geklärt", sagte Laura zögernd. „Ich möchte, statt selber mit irgendwas zu glänzen, das mich nicht wirklich zufrieden macht, ganz für Luca da sein. Er hat mir ein Grundstudium Medizin vorgeschlagen, damit ich in seiner Praxis als guter Geist werkeln kann."

Anabelle öffnete blind den Schrank hinter sich, zog eine Flasche Champagner aus einem Fach und schob sie Adriano vor die Nase. Ein kurzes Stutzen, dann begannen alle zu lachen.

„War ja klar, dass du das schon wieder gewusst hast!", schmunzelte Laura.

„Dafür weiß ich, wo du Praktikum machen kannst", kicherte Anabelle.

Luca hob den Zeigefinger. „Ha! Genau! Und ich werde wegen meines kleinen Praktikums Giovanni fragen. Es muss ja nur ein Mediziner sein, Sparte völlig egal. Für das große Praktikum bewerbe ich mich in einem der örtlichen Krankenhäuser. Ich will ganz bewusst nicht woanders hin ausweichen. Sollen sie mich ruhig an einem großen Namen messen."

Adriano wischte eine Träne aus dem Augenwinkel. „Wie sich die Bilder gleichen! Du bist wahrlich Vaters Sohn. Und der ist verdammt stolz auf dich!"

„Wir werden nächste Woche einen Kostenvoranschlag für den geplanten Lift bei Rosso-Elektrik anfordern", gab Anabelle bekannt. „Ich würde ja einen Lift direkt im Treppenschacht favorisieren."

„Ich auch", verriet Luca. „Wozu außen die Bausubstanz ankratzen? Zumal ich denke, dass ein gläserner Aufzug die Optik sogar aufwerten könnte. Und wenn, dann gleich vom Keller bis auf den Dachboden, um die Wäsche nicht immer schleppen zu müssen. Keiner von uns wird jünger werden."

„Das hatten wir nicht im Plan", sagte Adriano überrascht. „Klingt aber durch und durch vernünftig."

VIII.

Ein anderer Appell Lucas an die Vernunft bewirkte, dass Renato und Rosanna die sofortige Versteigerung der Rossoschen Villa überdachten. „Ich möchte gern eine Chance für Mario haben", bat er. „Im Augenblick kann er sich einen Kauf nicht leisten, weil er sein Studium noch nicht abgeschlossen hat und vielleicht keinen Kredit bekommen würde."

Gepetto griff den Gedanken sofort auf, da schon lange alle rätselten, wie es weitergehen werde. Mario konnte ja nicht ewig in zwei Zimmern zu Hause wohnen. Da kam Lucas Idee, die Villa zu übernehmen, gerade recht. Es wäre dann auch genügend Platz, die Firmenzentrale neu zu strukturieren. Gepettos Finanzberater gab schließlich grünes Licht und er kaufte die Immobilie, ehe noch einmal die Idee einer Versteigerung die Runde machte. „Wie wir uns darüber einigen, werden wir sehen", meinte er lapidar, Mario auf die Schulter klopfend. Müßig, zu erklären, dass die anderen Geschwister keinerlei Anspruch anmelden bräuchten, weil alle dem Familienimperium den Rücken gekehrt hatten.

„Hast was gut bei mir!", versprach Mario beim nächsten Zusammentreffen mit Luca. „Ich wäre gar nicht auf die Idee gekommen, mir eine Villa zuzulegen, nur weil sie gerade recht preiswert zu haben war."

Luca lachte herzlich. „Einer muss ja auf dich aufpassen."

Gepetto und Claudia nickten heftig. Das tat sicher niemand besser als Luca. Der achtete aber auch darauf, bei allem selbst nicht zu kurz zu kommen. Womit er Adriano sehr beruhigte. Obwohl Luca in den nächsten Wochen und Monaten oft ausgedehnte Touren mit Laura unternahm, ließ er sich nicht locken, auf näheren Körperkontakt zu gehen.

„Erst das Studium, dann das Vergnügen", pflegte er zu sagen und Laura hütete sich, Missfallen zu erregen.

Als er nach den ersten mit Bravour bestandenen Prüfungen, mit dem fünften Semester in den klinischen Studienabschnitt eintrat, schien Luca ein wenig aufzutauen. Denn an Samstagabenden waren sie nun meist zu dritt mit Mario in den gehobenen Diskos unterwegs und Luca ließ nicht eine Tanzrunde aus, um keinem anderen die Möglichkeit zu geben, sich an Laura heranzupirschen. Mario amüsierte sich königlich über die vielen Versuche der Rivalen, Luca Laura auszuspannen.

Er selber legte keinen gesteigerten Wert auf dauerhafte Kontakte mit den holden Weiblichkeiten. Man sah und traf sich. Oder eben nicht. Für ihn war im Augenblick das Wichtigste, sich voll ins Management der Spedition seines Vaters zu integrieren, um eines Tages die Leitung von diesem zu übernehmen. Oft fungierte er offiziell als starker Ersatzmann an Lauras Seite, wenn Luca unabkömmlich war und Laura jemanden brauchte, der ordentlich zupacken konnte. Besonders für Fragen jeglichen Transports war er Anlaufpunkt Nummer eins. Gepetto stellte ihnen die Fahrzeuge kostenfrei zur Verfügung und Luca tankte hin und wieder voll, um sich zu bedanken. Renato revanchierte sich immer mal in rechtlichen Dingen, ehe jemand Mario auf die Zehen treten konnte. Es gab genug Grauzonen, die man einfach nur geschickt nutzen musste.

Luca hatte für die nächsten Studienferien, und bevor Laura zum ersten Semester aufbrach, eine mehrtägige Überraschungstour mit der Harley geplant. Dabei hatte er die schönsten Pässe und Motorradrouten der Dolomiten zusammengestellt, die er mit Mario jemals gefahren war, und es sollte das vorgezogene Geschenk zu ihrem 18. Geburtstag sein. Dass er, die Strecken betreffend, auf die reichen Erfahrungen seines Vaters mit zugreifen konnte, verstand sich von selbst. Die Tatsache, dass zu großer Hitze fast tägliche Gewitter gehörten, wäre weder ein Grund noch ein Hindernis gewesen, irgendetwas anders zu planen. Man musste die kurzen Schlechtwetterphasen ganz einfach in irgendwelchen Berghütten und Bauden aussitzen.

Für den ersten Tag hatte er eine Überquerung der Sella-Gruppe mit Highlight des Tages, Besuch auf dem Sass Pordoi, auf dem Zettel. Also fuhren sie über Rovereto, Trento und Bolzano, was das Navi als schnellste Strecke ausgab. An besonders schönen Stellen rasteten sie kurz, um die wundervollsten Etappenfotos aufzunehmen. Laura war glücklich. Auf dem Pordoi Plateau lag noch fast ein halber Meter Schnee, der in der Sonne wie mit Diamanten besetzt funkelte.

„Ist das schön!“, flüsterte Laura überwältigt und Luca erklärte ihr an Hand einer Karte, welche Felsformationen in der Ferne zu sehen waren. „Die Erhabenheit der Berge macht mich regelrecht sprachlos“, seufzte Laura.

„Da geht es dir wie meiner Ma. Sie kann auch nur stehen, staunen und übers ganze Gesicht strahlen“, verriet Luca.

Die letzte Etappe des Tages sollte sie nach Corvara führen, wo Luca auch zu übernachten gedachte. Plötzlich tauchte in einer engen Serpentine ein Stauende auf. Luca hielt und hörte den Verkehrsfunk ab. „Straßensperrung? Wieso denn das?“, murmelte er, beunruhigt die schier unendlich lange Fahrzeugschlange betrachtend.

„Vor ein paar Minuten zu gemacht, weil ein Unfall mit zwei Toten passiert ist“, verriet ihnen ein anderer Biker, der an der Kolonne vorbeigefahren war, um Auskunft einzuholen. „Es scheint, ein Fahrzeug in den Abgrund gestürzt zu sein, und kann noch Stunden dauern.“

Sie stiegen ab, Luca bockte die Maschine auf, wobei er sorgenvoll die Gewitterwand beobachtete, die ihnen praktisch gefolgt war.

Laura zog ihre gefaltete Karte aus der Latztasche, auf welcher Bergbauden und diverse Wanderunterkünfte markiert waren. „Hätte nicht gedacht, dass wir sie wirklich brauchen werden."

„Super! Wir wenden und fragen ganz einfach überall nach, ob wir ein Zimmer bekommen oder wenigstens das Unwetter aussitzen können!", rief Luca. „Zieh den Nässeschutz über die Stiefel! Und das möglichst schnell!" Die Bewegung mit dem Kopf auf drei Maschinen, die soeben in die Gegenrichtung starteten, sprach Bände.

Beide legten eilig die Überzieher an und fuhren los. Nach wenigen Minuten prasselte bereits Regen auf sie herab, der sich zu einem Wolkenbruch steigerte, als habe der Himmel alle Schleusen geöffnet.

„Siehst du überhaupt noch was?", staunte Laura.

„Nicht viel, aber hier kann ich nirgends anhalten, sonst sind wir die nächsten, die hundert Meter weiter unten landen." Luca hielt die Harley in Nähe der Straßenmitte. „Da drüben ist ein Felsvorsprung. Den nehmen wir." Sie schoben gemeinsam die schwere Maschine das kurze Hangstück hinauf. „Tut mir leid, aber das habe ich wirklich nicht kommen sehen", versuchte Luca, sich zu entschuldigen.

„Meine Güte, du bist doch nicht Gott und musst nicht jeden Augenblick prognostizieren können", rief Laura. „Entspanne dich und freue dich einfach, dass wir einen halbwegs trockenen Fleck gefunden haben. Ich werde ganz bestimmt nicht herumzetern. Und wenn du glaubst, dass du etwas wiedergutmachen musst, dann nimm mich in den Arm, damit das Warten auf besseres Wetter einen richtigen Glanzpunkt bekommt."

„Aber gerne doch!", strahlte Luca, weil Laura das Ganze mit einem ordentlichen Schuss Humor sah. So saßen sie aneinandergekuschelt neben dem Motorrad und schauten dem niederrauschenden Regen zu. Dann piepte Lucas Handy.

„Wer stört?", meldete er sich lachend, obwohl der Klingelton seinen Vater verriet.

„Seid ihr etwa schon angekommen?", fragte der etwas irritiert, weil keine Fahrgeräusche zu hören waren.

„Nein. Wir hocken unter einem Felsen und hoffen, dass wir irgendwann weiterfahren können, ohne zu ersaufen", erklärte Luca. „Auf unserer Route hat es ein Unglück gegeben und wir versuchen, das Beste aus der Situation zu machen." Er schaltete Bildübertragung zu. „Ich vermute, sie haben bereits in den Sondermeldungen darüber berichtet. Wir sind ungefähr 15 Kilometer zurückgefahren, bis wir diesen Notfall-Unterschlupf gefunden haben. Wir hoffen, dann noch ein Zimmer irgendwo hier in der Nähe zu bekommen."

„Ich habe mit ihm geschimpft, weil er gemeint hat, er müsse sich entschuldigen, dass er es nicht hat kommen sehen", verriet Laura. „So, jetzt habe ich dich verpetzt", blinzelte sie Luca zu.

„Hast du richtig gemacht", sagte Adriano schmunzelnd, worauf Laura Luca die Zungenspitze heraussteckte. Adriano und Anabelle lachten herzlich. Luca zog Laura fester an seine Schulter.

„Und ich bin wahrscheinlich ein überbesorgter Vater", seufzte Adriano.

„Das machst du prima", blinzelte Luca. „Ich würde deswegen auch niemals maulen, weil ich weiß, wie du dich fühlst, wenn du Unheil spürst. Ich bin zutiefst dankbar, dass du und alle guten Geister der Familie über uns wachen. Oh, ein Stückchen blauer Himmel! Wir werden weiterfahren. Macht es gut, ihr beiden!"

„Ihr auch!", riefen Anabelle und Adriano.

Dass sich der Himmel aufzog, war nur die eine Seite der Medaille – der Wolkenbruch hatte so viel Erde und Steine auf die Straße gespült, dass sie nur im Schritttempo vorankamen. Alles andere wäre Wahnsinn gewesen. Nach fast einer Stunde fanden sie einen kleinen Gasthof, der ein winziges Zimmer frei hatte. Luca nahm es, weil Laura völlig fertig war. Sie wollte nur noch schlafen.

Luca hängte ihre Motorradkluft auf einen Kleiderbügel, während Laura wie eine gefällte Eiche ins Bett fiel. Sie hatte nicht einmal bemerkt, dass die Liegefläche bestenfalls einen Meter zwanzig breit war. Luca ging zu Abend essen, trank ein Glas Wein, dann schob er Laura vorsichtig bis an die Wand, um selbst noch Platz zu haben. Nicht einmal das weckte sie auf, nur dass sie die Decke nun wie ein Schraubstock festhielt und sich trotzdem beinahe eisig anfühlte. Also nahm er sie mit einem Schulterzucken in den Arm, damit er sie sowohl wärmen konnte als auch die Decke für beide reichte, und schlummerte schnell ein.

Laura wunderte sich am Morgen, dass sie auf beiden Seiten Widerstand spürte, als sie sich im Erwachen umdrehen wollte. Was sie durch die spaltbreit geöffneten Augen erspähte, ließ sie in freudigem Schreck erstarren. Es war also doch kein Traum gewesen, dass Luca nur ein Zimmer bekommen hatte.

„Schau an, das Murmeltier ist aufgewacht“, schmunzelte er, ihr einen Kuss auf die Nasenspitze hauchend.

Laura kuschelte sich fest an. „Ich wollte gerade sagen: Weck mich jetzt bloß nicht auf.“

„Sagt jemand, der sich gestern in Sekundenschnelle in den Schlaf geflüchtet und dann wie in Totenstarre gelegen hat“, kicherte Luca amüsiert.

Lauras Augen wurden tellergroß. „Tut mir ganz sehr leid“, flüsterte sie traurig.

Er drückte sie an sich. „Ich habe es auch so genossen, dich zu wärmen, obwohl es sich zuerst anfühlte, als werde ich schockgefrostet.

Hoffentlich war ich gut genug, dir eine Erkältung zu ersparen. Wie fühlst du dich heute?“

„Nicht schlecht und im Augenblick besonders gut“, murmelte Laura, seine Nähe und Wärme genießend.

„Dann stehen wir jetzt auf, essen gemütlich Frühstück und fahren weiter zu unserem eigentlichen Ziel. Wo am Abend sicher ganz viel Zeit und Platz zum Kuscheln sein werden.“

„M … mei … meinst du das ernst?“, wisperte Laura überrascht und hielt ihm ganz schnell die Hand auf den Mund. „Nein, nein, nein, sag nichts!“

„Etwas schon – weder ich noch andere werden in der Hölle schmoren, wenn ich nicht die vier Wochen bis zu deinem 18. warte“, blubberte er halb lachend zwischen ihren Fingern hervor.

„Ich liebe dich!“, jubelte Laura, mühsam den Gefühlsausbruch auf ein begeistertes Flüstern drosselnd.

Luca küsste sie so sinnlich, dass Laura zu schweben glaubte. Beim Essen war sie dann auffallend still, und Luca wollte schon fragen, was los sei. Er konnte sich aber nach einem Blick in ihr Gesicht das Lachen nicht ganz verkneifen, weil Lauras seliges Lächeln Bände sprach. Sie grinste als Antwort breit, hob eine Augenbraue und die Schultern. Er freute sich ja bestimmt genau so auf den Abend.

„Darauf kannst du getrost wetten", blinzelte Luca, weil er das deutlich abgelesen hatte.

Laura lachte übermütig.

Nach dem Frühstück brachen sie Richtung Corvara am Fuße des Sassongher auf. Laura bestaunte unterwegs die gigantischen Gebirgszüge und war erneut von Lucas Sicherheit beim Serpentinenfahren tief beeindruckt. Das, was man seinem Vater nachsagte, fast wie auf Schienen zu fahren, beherrschte er ganz bestimmt nicht minder gut, mit der schweren Maschine.

Wenige Minuten genügten Laura, herauszufinden, dass Corvara ein Urlaubsziel der Extraklasse war. Nicht nur der herrlichen Umgebung wegen – die Preise machten sie sprachlos. Luca schien das nicht zu beunruhigen. Also fragte sie ihn bei der kleinen Wanderung durch die Berge direkt danach.

Er blieb stehen, nahm sie fest in den Arm und erklärte: „Es ist ein Ausblick auf das, was ich dir zukünftig bieten kann. Meine derzeitige tageweise Anstellung als Assistenzarzt in Ausbildung hat auch diesen Urlaub zugelassen, ohne dass ich danach am Hungertuch nagen muss. Ich ziehe die Bremse, wenn mich irgendwas überfordert."

„Verzeih mir. Gerade ich müsste bestens wissen, dass du kein Hasardeur bist", flüsterte sie, sich in seine Arme schmiegend. „Ich habe mich mein ganzes Leben lang nirgends sicherer gefühlt, als bei dir."

„Ein Zustand, der mich glücklich macht", flüsterte Luca, sie innig küssend.

Laura lächelte mit wohlig geschlossenen Augen.

Der Wettergott schien, den vergangenen Tag vergessen machen zu wollen, denn nicht eine Wolke trübte den postkartenblauen Himmel. Sie schauten gemeinsam in die Wetterapp und auf die Bilder der Livekameras der Umgebung. Genügend Zeit, vorm täglichen Gewitter die nächste Berghütte zu erreichen und lecker zu essen. Von da nahmen sie dann auch spektakuläre Bilder und Videos auf, als sich die schwarze Wand über den gegenüberliegenden Gebirgskamm schob.

„Oh, schau mal! Der Regenbogen endet direkt hinter unserem Hotel!", freute sich Laura wie ein Kind.

„Den geheimnisvollen Schatz kann trotzdem keiner finden", sagte Luca im Brustton der Überzeugung. „Der sitzt nämlich gerade neben mir."

Laura schmiegte sich selig an seine Schulter, während die Wirtin lustig blinzend fragte: „Frisch verliebt?"

Beide schüttelten die Köpfe und Luca erklärte lächelnd: „Seit frühester Kindheit vom Schicksal für einander bestimmt und tief im Inneren miteinander verbunden."

„Das macht mir Gänsehaut", flüsterte die Wirtin. „Der Affogato geht aufs Haus!"

„Vielen lieben Dank!", strahlten Laura und Luca.

Am späten Nachmittag wanderten sie gemächlich zum Hotel zurück, um sich die letzten Kilometer an einem grandiosen Sonnenuntergang zu erfreuen.

„Deine Kamera muss doch schon glühen", schmunzelte Luca, der nur zwei oder drei richtig spektakuläre Bilder aufgenommen hatte.

„Na, ist denn das ein Wunder?! So viele Superlative kann ich gar nicht aufzählen, um dieses Schauspiel auch nur annähernd beschreiben zu können. Ich bin schlicht hin und weg!", begeisterte sich Laura.

„Oh je, da werde ich wohl Mühe haben, das heute noch zu toppen", blinzelte Luca amüsiert.

„Nein, wirst du nicht", erklärte Laura kategorisch. „Die Schmetterlinge im Bauch bewegen ja jetzt schon ganz sacht die Flügelchen. Ich denke, sie werden zu Düsenjägern mutieren."

Luca blieb stehen, grinste jungenhaft. „Aber du weißt schon, dass unter Druck, bei manchen Leuten buchstäblich die Luft raus ist?"

„Wenn das jetzt ein Versuch ist, dich zu drücken ...", rief Laura anklagend.

„Wovor?", fragte Luca mit gespielt großen Augen.

Laura hielt abrupt inne und wurde feuerrot, was auch die Dämmerung nicht verbergen konnte. Luca brach in schallendes Lachen aus, dabei zog er sie fest an sich.

„Vor dir muss man sich wirklich in acht nehmen. Biedere Fassade, aber blitzschnelle witzige Reaktionen“, murmelte Laura, sich vergnügt an ihn schmiegend.

„Ich werte das als Kompliment“, grinste Luca.

„Ist auch eins“, schmunzelte Laura.

Kaum zurück im Hotel machten sie sich frisch und für den Abend schick. Luca führte Laura am Arm ins Restaurant des Fünf-Sterne-Hauses, um in stilvoller Atmosphäre das Essen zu genießen. Vor dem Fenster die Silhouette der himmelhohen Berge, über denen Millionen Sterne am samtschwarzen Himmel funkelten, drinnen leise Geigenmusik und anheimelndes Kerzenlicht, das sich in Lauras strahlenden Augen spiegelte.

Luca orderte alkoholfreien Champagner. Als Laura fragen wollte, warum er sich in derartige Ausgaben stürze, sagte Luca: „Einen kleinen Augenblick, ich habe noch etwas zu tun, das keinerlei Aufschub duldet.“ Er zog ein winziges Etui aus der Hosentasche, öffnete es und streifte Laura einen breiten Platinring mit drei auffallend großen Brillanten über den Finger. „Das Versprechen, spätestens an deinem 18. nach alter Manier bei deinem Vater um deine Hand anzuhalten.“

„Oh, mein Gott! Ich liebe dich! Und dieser Ring ist wunderschön!“, hauchte Laura, unzählige Freudentränen wegwischend. „Er sieht genau so aus, wie ich ihn mir als kleines Mädchen immer gewünscht habe."

Luca lächelte vergnügt. „Das hatte ich nicht vergessen und dem Juwelier sogar deine Zeichnung von damals vorgelegt. Ich habe sie die ganzen Jahre gut aufbewahrt, um wirklich deinen Traumring fertigen zu lassen."

Laura schüttelte fassungslos den Kopf. Erst hielt er seinen Schwur jahrelang geheim und nun das!

„Für mich ist die Option *Leben ohne Laura* eine stete Horrorvision gewesen", erklärte Luca, mit ihr auf die Verlobung anstoßend. „Und nun lasse ich natürlich nichts anbrennen."

„Mir fehlen glatt die richtigen Worte, um zu beschreiben, wie glücklich ich bin", hauchte Laura, immer wieder den Ring betrachtend.

Luca streichelte liebevoll lächelnd ihre Hand. „Dafür erzählen deine Augen einen ganzen Roman."

Als sie gegen 23 Uhr zu ihrem Zimmer schlenderten, baute sich bereits die knisternde Atmosphäre auf, die Laura seit dem Morgen herbeisehnte. Luca verriegelte die Tür, ohne Laura loszulassen, zog sie in seine Arme, um mit ihr ein einem schier endlosen Kuss zu versinken. Schließlich trug er sie zum Bett, wo seine Lippen jeden Zentimeter ihrer Haut erkundeten.

Laura hätte nicht einmal erklären können, wie sie aus ihrer Kleidung gekommen war. Es war ein Rausch, der alles überschwemmte. Sie wusste am Morgen nur noch, dass sie sich irgendwann völlig erschöpft, aber absolut glücklich, in Lucas Arme gekuschelt hatte und augenblicklich eingeschlafen war. Und sie genoss es, dass Luca gleich nach dem Aufwachen wieder auf Kuschelkurs ging. Erstaunt bemerkte sie, dass er ein Kondom vom Nachttischchen nahm und auch, dass ein Saunatuch quer im Bett lag.

„Einer muss ja den Überblick behalten", wisperte er.

Laura nickte gleichermaßen begeistert, wie dankbar, weil er jegliches schlechte Gewissen wegen irgendwas schon im Keim erstickte. So gab sie sich seinen Zärtlichkeiten mit geschlossenen Augen und seligem Lächeln hin. „Ich sehne den Tag herbei, ab dem ich für immer neben dir aufwachen darf", seufzte sie, als sie es schließlich doch geschafft hatten, pünktlich vor dem Frühstück aus dem Bett, unter die Dusche und in die Kleidung zu kommen.

Für den heutigen Tag wollten sie über Cortina d'Ampezzo und vorbei am Monte Cristallo zum Misurinasee bei den Drei Zinnen fahren und im Grand Hotel Misurina einchecken.

„Du wirst dich meinetwegen noch ruinieren", stöhnte Laura, als sie die vier Sterne erspähte.

Luca legte ihr fröhlich blinzelnd den Zeigefinger auf den Mund.

„Ja klar, wie konnte ich das Ego vergessen?", kicherte Laura. „Verrückter Kerl!"

„Auch", grinste Luca. „In erster Linie habe ich sämtliche Sparangebote über Rabattkarten genutzt, die dein, mein und Marios Vater auf ihren Touren im Lauf der Zeit gehortet haben. Sie hätten alle drei nicht gedacht, dass die jemals einer brauchen könnte." Luca zog ein Etui aus der Tasche, aus welchem sich eine lange Schlange im Zickzack zusammengesteckter Kärtchen entfaltete.

„Du lieber Himmel! Das erinnert mich stark an einen Trickfilmgag!", lachte Laura.

Luca schmunzelte. „Die habe ich auch alle noch mal digital in der Wallet-Box, nur sieht das hier spektakulär aus und manche Leute versinken bei diesem Anblick regelrecht in Ehrfurcht."

„Das kann ich mir bestens vorstellen, weil es mich ja auch beeindruckt."

Luca klappte die Karten wieder zusammen. „Wir gehen essen und dann eine Runde um den See", schlug er vor.

Laura taxierte das Gewässer. „Ich schätze, eine Dreiviertelstunde."

„Oh, drei Punkte für die Kandidatin", staunte Luca. „Einmal um die Zinnen sind rund vier Stunden. Leider nicht zu machen, weil uns das nächste Gewitter einen dicken Strich durch die Rechnung ziehen würde."

„Schade. Aber die Felsen laufen ja nicht weg. Normalerweise jedenfalls. Bergrutsche nicht eingerechnet", lächelte Laura.

Als sie ihre Nachmittagsrunde um den See fast beendet hatten, zog bereits die angekündigte Gewitterwand heran. Sie kamen mit den ersten Blitzen und Regentropfen gleichzeitig im Hotel an. Luca blieb unterm Vordach stehen und schaute sich mit zusammengezogenen Augenbrauen um.

„Was hast du?", fragte Laura beunruhigt.

„Ein komisches Gefühl", murmelte Luca. „Gehe ruhig schon hoch, ich komme sicher gleich nach."

Laura nickte und beobachtete vom Balkon aus die Umgebung. Sie glaubte nicht an einen Fehlalarm von Lucas innerer Stimme. Entsetzt bemerkte sie einen ziemlich großen führerlosen SUV, der über den nahen öffentlichen Parkplatz direkt auf einen Herrn zurollte. Der konnte das Verhängnis nicht kommen sehen, weil er soeben eine Tasche aus dem Kofferraum seines eigenen Fahrzeugs nahm.

Da spurtete auch schon Luca über den Platz ...

IX.

Er stieß den Fremden aus vollem Lauf beiseite, wobei es ihm gelang, dessen Arm zu packen, damit der Mann nicht stürzte. Einen Wimpernschlag später krachte es. „Puh, das war knapp!", rief Luca außer Atem, während der Fremde völlig entsetzt zwischen ihm, seinem Auto und dem SUV hin und her schaute. „Falscher Gedankengang. Das ist nicht mein Fahrzeug", erklärte Luca, den Koffer des Mannes unter den kollidierten Autos herausziehend.

Laura stand mit der GoPro auf dem Balkon und wischte sich über die Stirn. Sie hatte sowohl den Fremden als auch Luca schon als Mus enden sehen. Statt der spektakulären Blitze hatte das kleine Gerät nun etwas viel Brisanteres aufgenommen.

Unten auf dem Parkplatz umarmte der Gerettete spontan Luca. „Junger Mann, ich habe eben erst begriffen, was hier passiert ist. Für Ihren Heldenmut werde ich Ihnen bis an mein Lebensende dankbar sein! Ein Auto kann man ersetzen, Gesundheit oder ein Leben nicht."

Laura gab Luca per Handy Bescheid, dass sie die Polizei benachrichtigt und zufällig ein Video aufgenommen habe, was Luca sofort an den noch immer geschockten Fremden weitergab. Bis zum Eintreffen der Beamten fand sich auch der Unglückswurm ein, dessen Auto nun fast im Kofferraum des Geschädigten steckte.

Luca schilderte den Hergang der Aktion aus seiner Sicht, dann beeilte er sich, zu Laura zu kommen – völlig durchnässt vom Regen, aber sichtbar zufrieden.

„Ich bin so stolz auf dich!“, rief Laura, ihn begeistert abküssend, noch ehe er sich ausziehen konnte.

„Erlebnisurlaub hatte ich mir trotzdem anders vorgestellt“, seufzte Luca.

Laura streichelte sein Gesicht. „Wer weiß, wozu es gut ist. Bei einem Mancini geschieht doch nichts ohne Grund.“

„Auch wahr!“ Luca küsste sie auf die Nasenspitze.

Den Rest des Nachmittags verbrachten sie kuschelnd im Bett. Der Regen hatte die Wege aufgeweicht und es wäre Wahnsinn gewesen, wandern zu gehen. Das Abendessen wollten sie gegen 19 Uhr einnehmen. Sie fanden einen Vierertisch direkt am Fenster, der gerade komplett frei geworden war.

„Guten Abend!“, sagte plötzlich eine Stimme.

Beide schauten auf. Es war der Fremde vom Parkplatz.

„Guten Abend! Setzen Sie sich zu uns, wenn Sie möchten!“ Luca deutete auf die freien Stühle.

„Gern!“ Der ältere Herr nahm Platz und Luca stellte ihn und Laura einander vor.

Herr Lombardo überlegte einen Moment. „Belzoni? Und Ihr Partner sagte bei der Polizei, er käme aus Verona – ich kenne einen Rechtsanwalt Belzoni von da. Doktor Renato Belzoni."

„Ich bin seine Tochter", erklärte Laura überrascht.

Herr Lombardo machte eine erstaunte Handbewegung, schaute Luca an und begann zu lachen. „Dann sind Sie der Sohn von Doktor Mancini, dem Orthopäden! Ich wusste doch, dass ich dieses Gesicht und die ungewöhnliche Augenfarbe schon mal gesehen habe!"

„Der bin ich", gab Luca schmunzelnd zu.

„Meine Güte, die Welt ist wirklich ein Dorf!", rief Herr Lombardo. „Sind Sie länger hier?"

„Nein, nur heute", gab Luca bekannt. „Wir machen eine Mehrtagestour mit dem Motorrad."

„Oh. Welche der sieben Maschinen da draußen ist es?", fragte der Herr Lombardo interessiert.

„Die rote Harley CVO Road Glide Limited", verriet Luca.

„Wow!" Herr Lombardo schaute wieder Luca an. „Ich vermute, Sie gehen bereits einen ähnlichen Weg wie Ihr Vater."

„Das ist richtig. Ich studiere im siebenten Semester Medizin und möchte Internist werden. Laura wird in diesem Jahr auch ein Medizinstudium beginnen."

„Na, wenn das kein Zufall ist!", staunte Lombardo. „Könnten Sie sich vorstellen, als Kardiologe zu arbeiten? Was halten Sie von einer festen Assistenzarztstelle in der privaten kardiologischen Klinik in Verona, bis Sie eine eigene Praxis führen können?“

„Sehr viel. Nur ist da kein Rankommen. Auf diese Stellen gibt es einen regelrechten Run“, murmelte Luca bedrückt. „Nicht mal mit einer fast glatten Eins ist es mir gelungen.“

„Dann weiß ich doch, wie ich mich für die unglaubliche Hilfe, die Sie mir heute angedeihen ließen, wirklich erkenntlich zeigen kann! Sie haben die Stelle, junger Mann!“ Lombardo reichte ihm eine Visitenkarte.

„Professor Doktor, Leiter der Klinik“, flüsterte Luca mit riesengroßen Augen. „Herzlichen Dank! Ich werde Sie sicher nicht enttäuschen.“

„Das glaube ich seit dem heutigen Tag unbesehen!“, strahlte der Arzt. „Wo machen Sie Ihr Auslandssemester?“

„Ich habe mit Berlin, mit der Charité, Kontakt aufgenommen. Ich bin zweisprachig aufgewachsen und da ist Deutschland natürlich meine erste Wahl.“

„Geben Sie mir sofort Bescheid, sollten irgendwelche Widrigkeiten auftauchen!“, bat Professor Lombardo. „Ich habe auch dahin die besten Verbindungen. Für die junge Dame sind die Praktikumsplätze auch gesichert, egal welche Sparte Sie am Ende wählen.“

„Vielen, vielen Dank!“, freute sich Laura.

Als Luca dem Ober ein Zeichen gab, sagte Professor Lombardo sofort: „Das geht alles auf mich. Und keine Widerrede!“

Luca betrachtete im Zimmer mehrmals die Visitenkarte. „Das ist alles völlig verrückt!"

Laura lachte herzlich. „Wie sagte ich heute? Bei einem Mancini geschieht doch nichts ohne Grund. Wären wir am ersten Tag nicht wegen des Unglücks hängen geblieben, wären wir heute nicht hier. Dein eigenes Schicksal kannst du nicht voraussehen. Genau wie es dein Vater nicht kann."

„Stimmt. Und diese Worte wiederum sagen mir, dass du die ideale Frau an meiner Seite bist." Luca nahm Laura in die Arme und beide vergaßen für die nächsten Stunden die Welt vor der Tür.

Am Morgen fuhren sie über die Strada Statale 51 di Alemagna nach Belluno, um den Parco Nazionale delle Dolomiti Bellunesi zu besuchen. Diesmal sagte die Wetterapp nichts von Regen oder gar Gewittern und sie freuten sich auf eine ausgedehnte Wanderung.

„Nationalerbe Dolomiten", seufzte Laura regelrecht ergriffen, wieder einmal die fast weißen Felsformationen bestaunend. „Wer da nicht kapiert, warum Bilbo am Ende seines Lebens wieder Berge sehen will, dem ist vermutlich nicht zu helfen."

Luca lachte herzlich. „Möchtest du auf Hochzeitsreise nach Neuseeland?"

„Unterstehe dich! Es muss nicht Mittelerde sein. Ein paar Tage bei uns am Mittelmeer tun es auch", worauf ihr Luca lustig zublinzelte: „Das lässt sich einrichten."

Gleich nach dem Einchecken im Hotel zogen sie gut ausgerüstet los. Laura natürlich wieder mit der Kamera in der Hand. Erstes Wunschobjekt der Monte Schiara mit seinen 2565 Metern Höhe. Nicht, um ihn zu besteigen, sondern als Hintergrund für die Stadt mit ihren vielen jahrhundertealten Sehenswürdigkeiten.

„Morgen übernachten wir in Padua und dann ist auch schon Heimreise angesagt", erzählte Luca beim Abendbrot.

„Zeigst du mir die Uni?", bat Laura.

„Aber natürlich. Und alles andere, was man in der Stadt wenigstens mal kurz gesehen haben sollte", versprach Luca.

Genau so kam es. Sie stellten das Motorrad in einem Parkhaus ab und Luca ging mit ihr die Wege vom Bahnhof zur Uni. Natürlich hatte er auch wieder ein paar nervensparende Tipps parat, die sich Laura besonders gut merkte. Die meiste Zeit wollten sie, zumindest am Morgen, gemeinsam mit dem Zug fahren.

„Hast du hier das Hotel auch schon vorgebucht?", wollte Laura wissen.

Luca schüttelte den Kopf.

„Was hältst du davon, heute noch nach Hause zu fahren? Falls es nicht zu anstrengend für dich ist, meine ich", murmelte sie.

„Diesen Wunsch erfülle ich doch glatt“, blinzelte Luca. „Ich sage meinen Eltern Bescheid. Vielleicht ist ja ein gemütlicher Grillabend drin.“

„Hmm, das wäre richtig toll.“ Laura schmiegte sich an seine Schulter.

„Ha! Ich habe es gewusst!“, rief Adriano sofort. „Wir haben gestern alles eingekauft, was euch schmecken könnte. Renato und Rosanna sind auch immer in Grilllaune, sodass es ein lustiger Abend werden sollte.“

„Wir werden spätestens 18 Uhr eintreffen. Vermutlich fahren wir aber gleich los“, antwortete Luca, nachdem er einen Blick mit Laura gewechselt hatte. „Ich lade noch Mario ein.“

„Geht klar!“, schmunzelte Adriano, der genau das auch schon vorhergesagt hatte.

Anabelle begann sofort, frische Salate als Beilagen zu zaubern. Sie freute sich auf das gemütliche Beisammensein und auf das Spiel der drei Hundebrüder, denn Mario kam niemals ohne Eros zum Essen, genau wie Renato nie auf den Gedanken gekommen wäre, Enzo auszuschließen.

„Grillabend? Na klar komme ich!“, war Marios begeisterte Reaktion.

Adriano werkelte wieder einmal in der Garage, als die Ausflügler nach Hause kamen. „Ihr seht glücklich aus“, stellte er fest.

„Sind wir“, antworteten sie synchron.

Adriano drückte beide an sich. „Schön, dass ihr wohlbehalten zurück seid.“

Anabelle öffnete ihnen die Tür, herzte sie genau wie er und strahlte übers ganze Gesicht.

„Wir machen uns frisch und greifen mit in die Speichen", versprach Luca, Laura den Vortritt im großen Bad lassend. „Wo meine Zimmer sind, weißt du!", rief er ihr hinterher.

„Klare Ansage" kicherte Adriano, als es Anabelle dachte. „Ich war schon in Sorge, du hättest die schönste Nebensache der Welt ins Reich der Legenden verbannt."

Anabelle boxte Adriano entrüstet in den Oberarm. „Unmöglicher Kerl!"

Vater und Sohn grinsten sich breit an. Luca verschwand im Gästebad. Eine halbe Stunde später hatte der Grill im Garten die richtige Temperatur, zwei- und vierbeinige Gäste trafen ein. Adriano gab, wie immer, den Grillmeister, Renato assistierte.

Mario erspähte den Ring an Lauras Hand. „Ohoooo! Ist es das, was ich denke?!"

„Ich denke schon", schmunzelte Luca.

„Sieht richtig toll aus!", schwärmten Anabelle und Rosanna.

„Mir kommt er seltsam bekannt und fast vertraut vor", überlegte Adriano laut.

„Wundert mich nicht", lachte Luca, auf seinem Handy Lauras Gemälde aus der Kinderzeit aufrufend und hochhaltend. „Ich habe es die ganzen Jahre treu im Original gehütet."

„Heiß, heiß, heiß! Jetzt hätte ich mich fast verbrannt!", erschreckte sich Renato, der auch einen Blick auf das Objekt der allgemeinen Aufmerksamkeit werfen wollte.

„Erzählt!", bat Anabelle. „Wir haben zwar immer die neuesten Bilder bekommen, aber keinen Hinweis, wo ihr genau untergeschlüpft wart."

Als Luca seinen Bericht beendet hatte, rieb sich Adriano vergnügt die Hände. „Dann haben euch die Rabattkarten ordentlich genutzt."

„Zudem ist Luca äußerst geschickt, beim Verhandeln", verriet Laura.

„Das ist seit Jahren meine Rede", sagte Mario mit tiefer Zufriedenheit in der Stimme.

„Verhandeln war das Stichwort!", rief Adriano. „Sag mal, Luca, wie kommt es, dass du, den Umschlägen nach, seit zwei Tagen Fachpost von Kardiologen bekommst? Du wolltest dich doch auf Internist spezialisieren."

Luca tauschte einen sehr langen Blick mit Laura, dann atmete er sehr tief durch. „Manchmal geht das Leben verschlungene und völlig ungeplante Wege."

„Wem sagst du das!", rief Adriano.

„Ich werde ab sofort direkt auf Kardiologie umsatteln", sagte Luca betont langsam.

„Hä?" Anabelle riss die Augen auf. „Du hast doch nur Absagen bekommen. Willst du etwa ins Ausland gehen?"

„Sag du es ihnen", bat Luca Laura.

„Er hat die persönliche Zusage vom Leiter der privaten Herzklinik hier in Verona bekommen.

Vor zwei Tagen am Misurinasee, um genau zu sein.“

„Nein!“

„Doch!“

„Oh.“ Anabelle zupfte sich am Ohr. „Einfach so? Ich kann da gerade nicht ganz folgen.“

„Ich hole die GoPro“, wandte sich Laura an Luca und bekam ein Nicken. Sie war innerhalb weniger Augenblicke mit dem Gerät zurück und stöpselte es an den Bildschirm, wo die Männer sonst im Garten Fußball schauten. Ein paar Minuten später konnten alle den Grund für die Zusage mit eigenen Augen beobachten. Sie hörten im Video Lauras Stimme: Um Gottes willen, was wird denn das? Weil das unbemannte Auto gerollt kam. Wie sie jubelte, als Luca auf den Plan trat und wie sie die Polizei anrief.

„Professor Doktor Lombardo, der große Chef, höchstpersönlich“, sagten Adriano und Renato zeitgleich, als Lauras Kamera die Szene aufzoomte. Alle klatschten begeistert Beifall und Laura erzählte, wie es überhaupt dazu gekommen war, dass sie mit dem Gerät auf dem Balkon gestanden hatte.

„Absolut keine weiteren Fragen! Genau so kenne ich ihn“, rief Adriano. „Er vergilt Gutes immer sofort und steht zu seinem Wort. Mann, was bin ich stolz auf dich, mein Junge! Das wird er dir nie vergessen!“

„Ich habe deshalb auch noch mal umdisponiert, und beschlossen, Orthopädin zu werden, um eines Tages deine Patienten weiter zu betreuen", erklärte Laura. „Er hat mir übrigens auch gleich Praktika angeboten." Sie streichelte ihre GoPro mit einem vergnügten Lächeln.

„Schampus her! Das muss alles gefeiert werden!", jubelte Adriano und eilte mit Mario in den Partykeller, um Flaschen und Gläser zu holen.

Luca lächelte vergnügt. „Und weil bei uns im Augenblick alles im Umbruch ist, will ich auch keine Sekunde mit der wichtigsten Frage warten. Renato, gibst du mir Laura zur Frau?"

„Da fragt dieser Mensch wirklich noch!", rief Renato theatralisch. „Die Antwort lautet: Jaaaa! Ihr müsst mir auch nicht des Langen und Breiten erklären, dass Laura nun dauerhaft hier einziehen wird, weil es tausend gute Gründe dafür gibt."

„Dann wird wohl in den nächsten Studienferien schon der große Augenblick sein?", schnappte Mario.

„Treffer!", bestätigte Luca.

„Warum ich mich nicht wundere?", blinzelte Anabelle, mit beiden Zeigefingern auf Adriano deutend.

Rosanna lächelte. „Meine Leute werden den Lift pünktlich fertig haben, damit Baumaterial transportiert werden kann."

„Wir denken übrigens auch übers Heiraten im nächsten Jahr nach", verriet Renato, ihre Hand nehmend, und freute sich, dass alle begeistert reagierten. „Der versuchte Mord durch Umberto ist so gut wie bewiesen", erklärte er auf Marios Nachfrage. „Sie haben die Filme der Überwachungskameras ausgewertet, die Marco immer direkt auf sein Handy bekam. Wir dürfen die Villa und die Garage nächsten Monat beräumen, damit du beides übernehmen kannst. Alles, was Umberto gehört, lassen wir in einem Container der Behörden zwischenlagern."

„Das, was ihr sonst noch loshaben wollt, würde ich mir gern mit Luca und Laura anschauen. Manchmal findet man ja genau das, was man schon ewig haben möchte", bat Mario.

„Geht in Ordnung", versprach Rosanna.

„So, aber nun zum gemütlichen Teil und der Hochzeitsplanung", regte Adriano an, endlich mit allen die Gläser erhebend.

„Samstag in den nächsten Ferien, Brautkleid in weiß, Feier bei Vincenzo, etwa zwölf Personen, vorsichtigen Schätzungen zufolge", grinste Luca in die Runde.

Anabelle lachte herzlich. „Wenn ich dich so höre, kann ich mir fast nicht vorstellen, dass du auch eine ganz romantische Ader hast. Siehe der alte Schwur und die aufbewahrte Kinderzeichnung mit dem Ring."

„Immer schön geheimnisvoll bleiben da wird es nicht langweilig", blinzelte Luca.

Anabelle und Adriano bekamen einen derartigen Lachanfall, dass sogar in zwei Nachbarhäusern die Fenster aufgingen und einige Leute lange Hälse machten. Die Hunde unterbrachen ihr Spiel und rannten herbei.

„Ich vermute wieder ein Déjà-vu", merkte Mario schmunzelnd an.

„So was Ähnliches!", japste Adriano. „Ich hatte damals, als wir uns kennenlernten, eine Frage gestellt, die sie folgendermaßen beantwortete: Dann würde ich jetzt zwar brav auf meinem Sitz hocken, aber krampfhaft überlegen, wie ich den Abend totschlagen könnte, statt auf einer wundervollen Harley hinter einem gutaussehenden Mann, der ungewöhnlich und geheimnisvoll ist."

Nun lachten alle. Am meisten Mario. „Das ist so verrückt, wie: Ich stehe auf Kerle."

Adriano nickte eifrig. „Aber auch wenn er genau so aussieht und es manchmal so wirkt, er ist glücklicherweise keine 1:1 Kopie von mir. Und das ist das Beste, was uns im Leben gelungen ist." Er küsste Anabelle zärtlich auf die Nasenspitze. Sie legte seine Hand an ihre Wange und lächelte sanft.

„Die restlichen 99,9 Prozent Übereinstimmung sind aber kaum zu übersehen", erklärte Renato behaglich. „Eben ein Schwiegersohn ganz nach meinem Geschmack."

„Und ich habe in der Chronik immer noch nichts gefunden, wie man den Heiligenschein abschaltet", stöhnte Luca.

Laura kicherte vergnügt. „Lass ihn leuchten, weil er echt ist. Woanders versuchen Leute krampfhaft, zu glänzen, die eigentlich von nichts einen Schimmer haben.“

„Ha, ha! Wo sie recht hat, hat sie recht!“, triumphierte Mario.

Anabelle schmunzelte. „Weil es heute schon um Pläne für die Zukunft ging, haben wir auch noch einen Hinweis. Tut euch keinen sinnlosen Zwang beim Nachwuchs an. In dem Augenblick würden wir eine Sprechstundenhilfe einstellen und ich wäre komplett im Oma-Modus.“

„Bei dieser Oma bekäme der Nachwuchs auch eine Erziehung, die richtig was fürs Leben bringt“, riefen Laura, Luca und Renato im Chor, worauf die nächste Lachsalve den Garten beben ließ.

„Ich glaube, nach meinem Grundstudium wäre ein guter Zeitpunkt, ernsthaft darüber nachzudenken“, meinte Laura und erntete von allen Seiten Zustimmung.

„Dann können die drei Wauzi ihre Babysitter-qualitäten unter Beweis stellen“, rieb sich Adriano die Hände. „Bei Emile scheint der Name ja wirklich Programm zu sein. Kommt ziemlich oft vor, dass ihn jemand Bruno nennt.“ Er hatte gerade alle drei Hundeköpfe auf dem Schoß und kraulte sie mit Hingabe abwechselnd hinter den Schlappohren. Wobei es ziemlich lustig aussah, wenn Enzo dran war, der ein gelbes und ein braunes Ohr hatte, während die Gesichtshälften jeweils die andere Farbe trugen.

„Onkel Mario wird Pate! Mann, wird das ein Spaß!"

„Und wann schaffst du dir eigene Kinder an?", neckte Adriano.

Mario blinzelte. „Auf jeden Fall erst, nachdem ich eine Traumfrau gefunden habe." Dabei machte er mit den Fingern der rechten Hand die gut bekannte Bewegung für ‚Geriebenes'. „Bis jetzt war jedenfalls nichts dabei, was ich länger als eine Woche ertragen hätte."

„Du solltest dein Jagdrevier wechseln", schlug Adriano vor. „In den Nobeldiskos lauern besonders die Dummchen, die versorgt sein wollen und, genau genommen, nur auf den Segen deiner Kreditkarte scharf sind. Wie deine Befindlichkeiten sind, interessiert sie nicht."

„Hmm. Stimmt zu 100 Prozent", seufzte Mario.

„Haben dir Claudia und Gepetto nicht erzählt, wie sie sich kennenlernten?", staunte Adriano.

Mario schüttelte den Kopf.

Adriano zückte das Handy. „Grüß dich, Gepetto. Ich würde Mario gern verraten, wie ihr beide euch kennen und lieben gelernt habt. Na, das ist noch besser! Bis gleich!" Er steckte das Smartphone ein. „Sie werden in wenigen Minuten da sein, damit sie die Erinnerung richtig genießen können."

„Ich schätze, sie sind dankbar, dass sie sich auf Grund des Anrufs von der leidigen Pflichtveranstaltung loseisen können", witzelte Mario.

„Voll ins Schwarze!“, bestätigte Adriano grinsend.

Als die Hunde losrannten, um mit Adriano die Neuankömmlinge am Zaun zu begrüßen, drehte Renato noch einmal die Würste auf dem Grill.

„Oh. Sieht nach Feier aus“, staunten die Andreotti beim Anblick der Champagnerflaschen.

„Verlobung, Traumjobzusagen und so weiter und so fort“, blinzelte Anabelle.

„Da blieb das Thema Traumfrauen nicht aus, zumal Mario in meiner alten Jagdmethode feststeckt, die nun wirklich nichts Gutes bringt“, erklärte Adriano.

Luca, Laura und Mario schauten Adriano, den mustergültigen Ehemann und Familienvater, völlig verdattert an, während die anderen fast im Takt nickten.

„Wirklich?“, rutschte es Luca ungläubig heraus.

„Das ist das eine Prozent, von dem wir sprachen“, sagte Renato.

„Man munkelte sogar, Casanova habe von ihm lernen wollen, und dann weinend aufgegeben“, fügte Gepetto an. „Und von einem Augenblick zum anderen war ihm das alles nichts mehr wert, als er seine Traumfrau erspähte und eine 180 Grad Wendung machte. Den Rest kennt ihr ja bestens.“

„Bei deinen Eltern war es auch ziemlich spektakulär, obwohl dein Vater nie ein Windhund war", schmunzelte Adriano, an Mario gewandt und nickte Gepetto zu.

„Als ich das Geschäft von meinem Vater übernahm, waren die LKW klein, klapprig und zum Teil uralt. Trotzdem sind sie bis Deutschland gefahren und auch meist heil hin und zurück gekommen. Wenn, dann waren es harmlose Reparaturen.

Wie du, bin ich auch als Student Touren gefahren, wenn einer der sieben angestellten Fahrer Urlaub hatte. Und auf so einer Fahrt hat es mich dann erwischt ...

Ich hatte Fässer mit Olivenöl geladen, die nach Hamburg gebracht werden sollten. Erreichbarkeit mit Mobilfunk: Fehlanzeige. Sowas kam gerade erst neu auf und mein alter Herr hielt es offenbar für Teufelswerk. Kurz vor der Paganella-Raststätte riss mein Lastesel die Hufe hoch und hauchte sein altehrwürdiges Leben aus. Motorschaden. Ein paar rastende Trucker schauten sich das Dilemma an und meinten übereinstimmend: Lässt sich nicht mehr reanimieren und wenn, dann wäre es Leichenfledderei."

An dieser Stelle mussten alle schmunzeln und Gepetto fuhr fort: „Heute kann ich darüber lachen. Damals hätte ich fast einen Herzanfall bekommen. Ich stand mit Tränen in den Augen an meinem Schrotthaufen und hämmerte mit den Fäusten auf den Motor, als mir jemand von hinten auf die Schulter tippte und fragte: ‚Kann ich helfen?' Ich habe mich nicht mal rumgedreht, als ich sagte: ,Ja, indem du mir eine Kugel in den Kopf jagst.' Dieser jemand packte mich am Arm, drehte mich herum und sagte spöttisch: ,Reiß dich zusammen! Es gibt immer eine Lösung! Wo liegt wirklich dein Problem?'

Ich habe erst nach ein paar Sekunden kapiert, dass es eine junge, hübsche Frau war, die mich angesprochen hatte.

,Oh je! Du siehst aus, als wärst du auf dem Weg zum Schafott. Komm mit, ich spendiere dir ein Mittagessen und ein Bier. Fahren kannst du mit der Kiste eh nicht mehr. Du hast also viel Zeit, mir zu erzählen, wo der Schuh wirklich drückt.' Ich habe genickt und bin ziemlich konfus neben ihr hergetrottet.

Statt im Restaurant fand ich mich in der geräumigen Fahrerkabine eines riesengroßen Trucks wieder, der mit allen technischen Schikanen ausgestattet war, die der Markt damals zu bieten hatte. Meine resolute Begleiterin nahm soeben zwei Portionen Essen aus dem Kühlschrank und stellte sie in den kleinen Grill.

,Wie heißt du eigentlich?'

,Gepetto.'

,Schöner Name. Er passt zu dir. Ich bin Claudia.'

Sie reichte mir eine Dose Bier und schaute mich aufmunternd an, sodass ich schließlich das ganze Drama erzählte.

‚Heute muss dein Glückstag sein‘, lachte sie. ‚Ich bin nämlich auch auf dem Weg nach Hamburg und habe den halben Auflieger frei. Das bisschen Kram aus deinem Brummi sollte also vom Gewicht her, kein Problem sein.‘

‚Und was sagt dein Chef dazu‘, fragte ich völlig perplex.

‚Der bin ich selber. Mein Truck, meine Regeln.‘

‚Wow!‘ Mir blieb buchstäblich die Spucke weg. Erst recht, als sie lachte: ‚Die Schlafkabine ist groß genug für zwei Personen und ich fresse dich sicher nicht auf.‘

Nach dem vorzüglichen Essen, das sie selber vorgekocht hatte, sind wir mit ihrem Hubwagen losgezogen und haben die Paletten mit den Fässern per Hand zu ihrem Truck gezogen. Am späten Nachmittag hat sie sich hinters Lenkrad gesetzt und mir jeden Handgriff ihres rollenden Wunderwerks erklärt. ‚Morgen wechseln wir uns ab, damit wir richtig Meter machen können und die verlorene Zeit aufholen‘, sagte sie zu meiner großen Überraschung.

Genau so kam es auch. Nach einer Nacht, in der wir uns einfach nur zusammen unter die Decke gekuschelt hatten, durfte ich den Truck fahren. Wir waren nach drei Tagen pünktlich in Hamburg, löschten gemeinsam meine und ihre Ladung. Nahmen meine und ihre Ladung auf und starteten am Morgen Richtung Heimat.

Unterwegs schaute sie mich hin und wieder von der Seite an, bis ich neugierig zurückschaute. ‚Ich könnte mich dran gewöhnen, mit dir zu arbeiten‘, blinzelte sie. ‚Bist einer von denen, auf die man sich wirklich verlassen kann, und die nicht zu fummeln versuchen, nur weil eine Frau neben ihnen liegt. Das imponiert mir. Vielleicht habe ich ja eine Chance, im Auftrag eurer Firma zu fahren.‘

‚Das wäre auch mein sehnlichster Wunsch, dich immer wiederzusehen.‘

Na und der ist, wie ihr seht, in Erfüllung gegangen. Mein alter Herr war schwer beeindruckt, wie sie uns ohne Federlesen den Hintern rettete, und hat immer auf ihren Rat gehört. Auch auf den, die ganze Firma zu modernisieren. So kam es, dass ich nach dem Studium direkt übernommen habe, denn er tat sich schwer mit der neuen Technik. Claudia habe ich mit ihrem beeindruckenden Truck als Teilhaberin ins Unternehmen integriert und schließlich als kompletten Mittelpunkt in mein ganzes Leben.“

Sie schmiegte sich an seine Schulter. „Mir hätte das Herz geblutet, den gutaussehenden völlig verzweifelten Zwei-Meter-Mann einfach stehen zu lassen. Und nach der ersten Nacht, ohne irgendwelche Sex-Offerten, war mir sofort klar, das ist der Eine.“

„Ist ja cool, dass unsere Väter damals genau so ungleiche Freunde waren, wie wir beide“, lachte Mario, Luca auf die Schulter klopfend.

„Das Kleeblatt hat aber schon immer Renato komplettiert, der stets einen heißen Tipp hat, wie man juristische Klippen umschifft, und genau so motorradverrückt ist, wie wir beide“, verriet Adriano. „Es ist ein offenes Geheimnis, dass er mich aus einem perfiden Betrug befreit hat, der mein ganzes Leben zerstört hätte.“

Laura lächelte. „Jetzt hat es endlich bei mir klick gemacht, warum ihr mich für so lange Zeit unter eure Fittiche genommen habt, ohne darüber zu reden. Ihr habt auch sofort Gutes mit Gutem vergolten.“

Anabelle streichelte sanft ihre Hand. „Genau so.“ Dann berichtete sie, wie sie für Adriano ihren Job gekündigt und die italienische Motorradgang ihren Chef in Deutschland geärgert hatte. „Auch da hat uns dein Vater einen unschätzbaren Dienst erwiesen, indem er alles unterband, mir Geheimnisverrat andichten zu können.“

Da Marco zum erweiterten Freundeskreis gehört hatte, waren für Rosanna auch einige Details neu, wie sich die anderen kennengelernt hatten. Dass der ganze verschworene Haufen stets füreinander stand, wusste sie, weshalb sie ja auch sofort Renato um Hilfe gebeten hatte, als das Verhängnis über sie hereinbrach.

Laura glaubte, ihr rechtes Handgelenk unbemerkt zu massieren. Luca sah es trotzdem. „Alles in Ordnung?", fragte er besorgt.

„Das Wetter wird umschlagen", seufzte Laura.

Adriano zog die Augenbrauen zusammen. „Ziemlich ungewöhnlich, dass ein solcher Bruch nach so langer Zeit, einer jungen Frau derartige Probleme bereitet. Wobei du mit dem Wetter aber recht hast."

„Ach, wenn ich es nur ungeschehen machen könnte!", klagte Rosanna. „Schließlich ist es meine Schuld."

Laura nahm sie in den Arm. „Die Genugtuung, dass ich in diesem Augenblick da war, überwiegt, sonst hätte es wahrscheinlich ein Doppelbegräbnis gegeben. Ist vielleicht nicht ganz übel, wenn ich mich aufs Wetter einstellen kann, ohne den technischen Schnickschnack, der selten recht behält."

„Ich röntge morgen dein Gelenk und schaue es mir sehr genau an", legte Adriano fest.

„Morgen ist Sonntag", wandte Laura ein.

„Papperlapapp!" Adriano schüttelte missbilligend den Kopf.

Luca nickte heftig. „Warum hast du nicht schon eher was gesagt?"

„Die Antwort muss ich dir schuldig bleiben", murmelte Laura. „Wahrscheinlich, weil ich immer noch hoffe, dass es irgendwann wieder aufhört."

Kurz vor Mitternacht beendeten sie die spontane Feier, die Gäste begaben sich nach Hause. Eros und Enzo trotteten buchstäblich hundemüde ihren Herrchen hinterher. Emile schleppte sich die Treppe hinauf, fiel wie ein Stein auf sein Bett und schlummerte weiter. Alle drei hatten aneinandergeschmiegt in einer Ecke des Gartenpavillons geschlafen.

„Oh je, oh je! Wir haben gebechert und die drei haben den Kater", witzelte Mario, das 35 Kilo Paket namens Eros, nach Hause tragend, um überhaupt vorwärtszukommen.

Enzo schlief im Taxi ein und Renato blieb nichts weiter übrig, als eine Decke zu holen, auf welcher er ihn mit Rosannas Hilfe ins Haus verfrachtete. Der Taxifahrer grinste vergnügt. So etwas erlebte er zum ersten Mal.

X.

Beim Frühstück spähte Luca unbewusst auf Lauras Hand.

„Tut nicht mehr weh", wiegelte sie ab.

„Wir gehen dann trotzdem runter", erwiderte Adriano mit Nachdruck.

Wenig später wertete er mit Luca die Bilder aus. „Gut verheilt, aber was ist das für ein runder Schatten", murmelte Luca. Er begann mit den Fingerspitzen das Gelenk abzutasten. „Ein fester Gnubbel. Fühlt sich wie ein Ganglion an."

„Ist auch eins" bestätigte Adriano nach kurzer Untersuchung. „Zum Glück klein und weich. Ich plädiere auf einen Versuch mit Ultraschall."

„Und wenn der nicht hilft?", fragte Laura zaghaft.

„Zerdrücken", sagte Luca kurz.

„Punktieren oder gar operieren, würde auch ich als allerletzte Wege wählen", bestätigte Adriano. „Eben weil es so klein ist."

Laura riss die Augen auf und betete im Stillen, dass das blöde Ding unter Ultraschall zerplatzen möge.

Adriano stellte das Gerät ein, quetschte reichlich Ultraschall-Gel aus der Plastikflasche auf die betreffende Stelle und machte sich mit einem kleinen Schallkopf ans Werk. Laura beobachtete die Prozedur akribisch, wobei ihr völlig entging, dass sich Vater und Sohn mit den Augen absprachen.

165

„Das dürfte reichen, sagte Adriano nach wenigen Minuten."

Luca nahm ein Zellstofftuch aus dem Spender, um das Gel von Lauras Gelenk zu wischen. Ehe sie überhaupt zum Nachdenken kam, hatte er einmal richtig fest zugedrückt.

„Au!"

„Gleich vorbei. Das dürfte jetzt weg sein", kommentierte Adriano, nun noch einmal die Hand abtastend. „Für ein paar Tage ein straffer Verband und eine Sportbefreiung, dann solltest du es überstanden haben." Er nahm eine Binde aus dem Schrank und begann zu wickeln.

„Nichts Schweres tragen und keine Flickflacks", blinzelte Luca.

„Schade, gerade die machen den meisten Spaß", witzelte Laura. „Danke, ihr beiden!"

„Alles im Lot?", fragte Anabelle sofort, als sie in die Wohnung zurückkamen.

Adriano blinzelte Laura vergnügt zu und meinte dann schmunzelnd: „Knapp an der Amputation vorbei. Spaß beiseite. Es war ein kleines, nervendes Schleimbeutelchen, das am Ende der geballten Ladung aus Ultraschall und Lucas magischen Händen nicht widerstehen konnte."

„Mit einfachen Worten, er hat es recht unspektakulär zerdrückt", stellte Anabelle amüsiert fest.

„Und ohne Vorwarnung!", warf Laura ein.

„Das ist der Weg, wo es kein langes Palaver gibt", grinste Anabelle. „Wenigstens kannst du dich jetzt in deine zukünftigen Patienten einfühlen."

„Auch wahr", murmelte Laura. „Kriegt man das Zerdrücken als Frau überhaupt hin?"

Adriano und Luca schürzten die Lippen. „Eher nicht."

„Dachte ich mir", seufzte Laura.

Luca nahm sie in den Arm. „Sonst alles gut?"

Sie strahlte ihn, der einen Kopf größer war, von unten an. „Oh ja. Ich freue mich schon ganz sehr auf die ersten Ferien. Die Hochzeitsausstatter müssten doch auch online ..." Der Rest ging im fröhlichen Gelächter der drei Mancini unter.

„Von wem wir dich kosmetisch stylen lassen, wissen wir bestens", schmunzelte Luca.

„Ich gehe morgen rüber und mache für uns beide den Tag fest", versprach Anabelle.

„Dein Vater kümmert sich um den Trautermin", verriet Adriano. „Und ,Vincenzos' habe ich bereits letzte Nacht den Buchungswunsch für den Saal per Mail geschickt."

Lauras glückliches Lächeln wurde noch eine Spur breiter. Plötzlich schaute sie Anabelle mit übernatürlich großen Augen an. Dann überlegte sie laut: „Du hast deine Kennenlerntasche aufgehoben, die Glück bringt. Hast du dein Brautkleid auch noch?"

„Aber ja!"

„Ohhhh. Das bringt bestimmt auch Glück", murmelte Laura, Anabelle und Adriano anlächelnd, die Arm in Arm auf dem Sofa saßen. „Borgst du es mir?"

Anabelle war mit einem Satz von der Couch hoch. „Komm mit!"

Vater und Sohn schauten sich bedeutsam an. „Wenn wir mal einen schlechten Tag haben, liegt es bestimmt nicht an ihr", kommentierte Luca.

Adriano nickte. Laura hatte unglaublich viele Ähnlichkeiten mit Anabelle. Kein Wunder, dass Luca alles für sie tat. Und genau so wenig erstaunte es ihn, dass Laura nach dem Kleid gefragt hatte. „Ich glaube, wir beide kümmern uns heute ums Mittagessen", regte er an, worauf Luca sofort den Weg in die Küche einschlug.

„Wie wäre es mit Gnocchi?", fragte Luca.

„Klingt nicht übel, nachdem es gestern Abend ziemlich Fleisch lastig war", meinte Adriano.

„Okay, dann Gnocchi in Pilz-Sahne-Soße", legte Luca fest, einen Topf Kartoffeln auf die Herdplatte setzend.

Adriano nahm schon einmal die Kartoffelpresse aus dem Schrank, stellte Mehl und Grieß bereit. Dann schnitt er gleich noch die Pilze. Luca suchte die übrigen Zutaten für die Soße zusammen. Als die Damen ziemlich zufrieden zurückkamen, pellte Adriano gerade die heißen Kartoffeln, Luca drückte sie durch die Presse und Anabelle begann sofort, Mehl und Grieß unter zu kneten, ehe sie die Gnocchi formte. Laura deckte den Tisch.

Beim Essen erzählte Anabelle fröhlich: „Laura passt das Kleid wie angegossen. Es ist auch tadellos in Ordnung."

„Dann sollte ich wohl noch das Diadem für den Schleier herausrücken", schmunzelte Adriano. „Das ist Jahrhunderte alt und scheint allen Bräuten Gutes gebracht zu haben, sonst gäbe es unsere Linie bestimmt gar nicht mehr."

„Wenn wir Trauringe aussuchen, gehen wir gleich mit einem Bild davon auf die Jagd nach Ohrschmuck und was eine Braut auf einer Märchenhochzeit sonst noch haben muss", schwärmte Luca. Dann stutze er. „Bei uns gibt es uralten Familienschmuck?!" Er schaute derart verdattert, dass die anderen einfach lachen mussten.

„Gibt es", bestätigte Adriano. „Wenn der Tisch abgeräumt ist, zeige ich ihn euch." Worauf die nächste Lachsalve folgte, weil die jungen Leuten wie von einer Stahlfeder getrieben aufsprangen und das Geschirr einsammelten. „Dann muss ich jetzt wohl?", grinste er in die Runde, den großen Einbausafe mittels Fingerprint öffnend. Er nahm eine antike Truhe im Format eines mittleren Schuhkartons heraus.

Luca pfiff durch die Zähne. „Welches Jahrhundert ist das denn?"

„15. ich habe es durch einen Fachmann schätzen lassen. Es gibt am Schloss einige Eigenheiten, die es in unseren Regionen fast ausschließlich zu dieser Zeit gegeben hat." Adriano manipulierte etwas an der Bodenplatte und hielt plötzlich den Schlüssel in der Hand. Dass er alle Mechanismen regelmäßig kontrollierte und wartete, zeigte sich, als er das Kästchen fast geräuschlos öffnete. Vorsichtig hob er ein Samtkissen heraus, auf dem mehrere Ringe, zwei Ohrgeschmeide und Colliers lagen.

„Wow!", machten Laura und Luca gleichzeitig.

Adriano nahm ein Spezialtuch und polierte einen der Ringe auf, dessen geschliffener Stein im Licht der Deckenlampe zu funkeln begann. „Rubin", sagte er kurz. Auf die anderen zeigte er nur: „Smaragd, Bergkristall, Aquamarin, Granat, rosa Diamant und Saphir. Der älteste Ring stammt aus dem 14. Jahrhundert, der jüngste ist rund 300 Jahre alt. Alles, was neueren Datums ist, trägt Anabelle zu diversen Anlässen und befindet sich nicht in dieser Schatztruhe."

„Wir haben einiges umarbeiten lassen, was seiner Mutter gehörte, damit es für mich passt", fügte Anabelle erklärend hinzu.

„Und nun zum Diadem", erzählte Adriano weiter, besagtes Juwel aus dem Kasten hebend. „Es ist aus dem 17. Jahrhundert und für meine Urururgroßmutter angefertigt worden, falls ich jetzt nicht sogar noch ein Ur vergessen habe. Alle Bräute nach ihr haben es getragen ..." Er brach den angefangenen Satz plötzlich ab und fasste sich mit beiden Händen an die Stirn, um fast flüsternd festzustellen: „Außer meiner Mutter. Die bezeichnete es als altmodischen Firlefanz.“

„Das zweite Sakrileg“, murmelte Luca tonlos und alle wussten, was er meinte.

Adriano nahm aus einem anderen Fach des Tresors ein Fotoalbum mit Hochzeitsbildern. Jedes zeigte eine Braut mit dem zierlichen Diadem. „Ich habe mir die Mühe gemacht, sie chronologisch zu sortieren und auch zu digitalisieren. Ob alles richtig ist, weiß ich nicht. Selbst die jüngeren Ahnen sind meist nicht sehr alt geworden. Fototechnik gibt es ja auch erst seit dem 20. Jahrhundert. Gemälde sind nicht vererbt worden, obwohl Großvater manchmal davon sprach, dass es sogar Miniaturen von Hochzeiten gegeben haben soll.“

„Seit wann gibt es eigentlich dieses Haus?“, fragte Laura.

„Die Fundamente und Kellerräume stammen aus dem 13. Jahrhundert“, gab Adriano Auskunft. „Alles, was darüber ist, ist immer wieder umgebaut worden. Das jetzige Aussehen hat es in der Gründerzeit erhalten. Also um 1871.“

„Hier könnte aber auch schon zur Römerzeit ein Gebäude gestanden haben, denn wir haben im Garten die Reste eines uralten gemauerten Abwasserschachtes entdeckt“, fügte Anabelle an. „Wenn wir die Garage verlängern, werdet ihr ihn sehen können.“

„Holt ihr Archäologen dazu?", wollte Luca wissen.

„Nein. Es gibt lohnendere Objekte zu erforschen, als dieses Gemäuer", antwortete Adriano kategorisch.

Luca grinste vergnügt. „Ja, die alten Römer! Ich bin immer wieder dankbar, dass mir Vater schon als kleinem Knirps Latein beigebracht hat. Sonst hätte ich die Familienchronik in weitesten Teilen gar nicht lesen können und würde jetzt beim Studium auch manchmal Bahnhof verstehen, wenn die Professoren im Eifer des Gefechtes komplett in den Fachjargon verfallen. Die Blicke der Kommilitonen sind jedenfalls goldwert, wenn ich mithalten kann."

„Was sagt mir das?", überlegte Laura laut. „Das altbewährte Prinzip aufrecht zu erhalten, zuerst Luca zu befragen."

Anabelle schmunzelte.

Auch das Diadem zu tragen, war ein offensichtlich altbewährtes Prinzip. Anabelle hatte sich damit wie eine Königin gefühlt.

„Besteht ein Zwang, mit einer Tischdame zu erscheinen?", fragte Mario zwei Tage später.

„Ach Quatsch! Auf unserer Hochzeit soll sich jeder wohlfühlen!", wiegelte Luca ab. „Ich werde dich doch nicht zwingen, mit deinem aktuellen Date zu erscheinen, wenn ich sicher bin, dass du die Dame am nächsten Tag glatt in den Wind schießt."

„Das Gefühl habe ich auch“, murmelte Mario bedrückt. „Im Bett ist es ja ganz nett, aber sonst ...“

„Abwarten. Einfach abwarten“, schlug Luca vor. „Ich habe ein durch und durch gutes Gefühl.“

Mario seufzte. Das, was sich ihm an den Hals warf, war eindeutig ausschließlich auf seine Kohle scharf. Er war dankbar, dass ihn weder Laura noch Luca als Fremdkörper oder Störfaktor betrachteten, wenn er immer wieder zu ihnen kam.

Am Tag der Hochzeit freute er sich so sehr mit den beiden, dass in seinem Gesicht ein Dauerlächeln wie festgenietet saß.

Den Weg vom Traualtar zum Restaurant legte der Hochzeitszug zu Fuß durch die Altstadt zurück, wie es schon Lucas Eltern getan hatten. Und ihnen wurden genau so viele Glückwünsche zugerufen, für die sie lächelnd dankten.

„Das glaube ich jetzt nicht!“, flüsterte Anabelle überrascht. „Da drüben laufen Tobias und Melinda!“

„Lade sie ein!“, bat Luca, worauf Anabelle ihr Festkleid raffte und über das Kopfsteinpflaster eilte. „Tobias! Melinda!“

Die Angesprochenen kreiselten erschreckt herum. „Anbelle! Ist das eine Überraschung!“ Sie musterten mit großen Augen das festliche Kleid.

„Wobei stören wir denn diesmal?", schmunzelte Tobias.

„Wir ziehen gerade von der Trauung unseres Sohnes in Vincenzos Lokal. Kommt mit!"

„Wir sind zu dritt unterwegs", sagte Melinda zögernd.

„Mit Sohn oder Tochter?", fragte Anabelle.

„Mit Tochter. Sie ist heute leicht genervt und hat uns vor einer Stunde einfach stehenlassen", murmelte Tobias.

„Ach, schick ihr eine WhatsApp, wo ihr gleich lecker essen werdet", kicherte Anabelle.

„Gerne! Obwohl das alles schon an Hexerei grenzt", staunte Melinda, mit Tobias Anabelle folgend. „Erst platzen wir zufällig in euere Hochzeitsfeier und nun in die eueres Sohnes. Alles Gute und eine harmonische Ehe!"

Die jungen Mancini dankten herzlich. Natürlich beide auf Deutsch. Laura war schließlich durch Ziehmama Anabelle auch in die Zweisprachigkeit hinein gewachsen.

Tochter Hanna tauchte bei ‚Vincenzos' auf, bevor der erste Gang serviert wurde. Mit einem Blick hatte sie die Situation erfasst und gratulierte den Jungvermählten von ganzem Herzen. Sie war froh, auf Vaters Bitte, im besagten Restaurant zu erscheinen, keinen dummen Spruch abgelassen zu haben.

Mario, plötzlich aus Überzeugung ganz Kavalier, bat die hübsche Blonde, die ihm ausnehmend gut zu gefallen schien, bei Tisch an seine

Seite und beide frönten sofort dem Small Talk, um sich ein bisschen kennzulernen. Luca blinzelte Gepetto zu, der mit hochgezogenen Augenbrauen nickte.

So erfuhr Hanna rasch, dass Mario der beste Freund der Hochzeiter und leidenschaftlicher Motorradfahrer war. „Zufälle gibt es nicht", lachte sie. „Ich fahre eine R 1250 RS von BMW."

„Oha, eine Tourenmaschine!", rief Luca über den Tisch. „Jetzt wird es interessant!"

Das junge Mädchen lachte übermütig, Mario schmunzelte. Schon hatte man ein Thema, das man von A bis Z durchhecheln konnte, was man auch sehr ausgiebig tat.

Am Nachmittag wurde die Torte präsentiert. Der Konditor hatte eine wahrhafte Märchentorte mit mehreren Etagen kreiert, die alle fast ehrfürchtig bestaunten.

„Was meinst du, schaffen sie das Anschneiden ohne Unfall?", fragte Mario, Adriano zublinzelnd.

„Ich erwarte von einem angehenden Herzchirurgen Präzisionsschnitte", erwiderte dieser mit todernster Stimme, worauf die ganze Hochzeitsgesellschaft in dröhnendes Lachen ausbrach und sich aus dem Schankraum alle neugierig umwandten.

Luca und Laura griffen nach dem riesigen Tortenmesser, um tatsächlich akkurate Schnitte anzusetzen. Dann teilten sie die Stücke an die frenetisch Applaudierenden aus.

Wenn es der allgemeinen Unterhaltung diente, griffen alle auf Englisch zu, damit jeder jeden verstehen konnte. Schnell kam heraus, dass Tobias' Familie just an diesem Freitag für drei Wochen nach Verona gekommen war und vorgehabt hatte, in den nächsten Tagen die Mancini zu besuchen.

Mario horchte auf. „Drei Wochen? Klingt gut."

Hanna nickte begeistert und alle anderen grinsten vergnügt. Da schien der Blitz zwei Mal aus heiterem Himmel eingeschlagen zu haben.

„Ich genehmige dir ab morgen drei Wochen Urlaub!", rief Gepetto quer über den Tisch, so die nächste Lachsalve provozierend.

„Mit tiefer Dankbarkeit angenommen!", gab Mario zurück, rieb sich die Hände und blinzelte Hanna verschwörerisch zu. „Tagsüber agiere ich, wenn es gewünscht wird, als Familien-Fremdenführer und abends als romantischer Kuschelbär."

„Klare Ansage", kicherte Tobias. „Wird alles mit Begeisterung gewünscht, wenn ich die Blicke richtig interpretiere."

„Was machst du beruflich?", fragte Mario, als Hanna verriet, 21 zu sein.

„Ich bin Reiseverkehrskauffrau", seufzte sie. „Ich arbeite ja gern mit Menschen, aber was in letzter Zeit los ist, bereitet mir Magenschmerzen. Manchmal kann man einfach nicht jeden Sonderwunsch ins Reisepaket schnüren. Ich bin zu 60 Prozent frustriert, wenn ich abends das Büro abschließe."

Ein langer Blickwechsel zwischen Mario, Gepetto und Claudia, den wohl nur Luca bemerkte, dann sagte Mario: „Biete einen Job, wo es auch um Verkehr geht, der Inhalt der Fahrzeuge aber die Klappe hält, und die Fahrer wetterfeste Typen sind, die so schnell nichts aus der Ruhe bringt. Stilvolle private Unterkunft wäre gesichert."

Es wurde still am Tisch, alle schauten ihn und Hanna erwartungsvoll an.

„Klingt nach Warentransport", sagte Hanna sofort. „Und nicht uninteressant. Italienisch müsste ich allerdings erst lernen. Ich verstehe buchstäblich Bahnhof."

Gepetto lächelte vergnügt. „Wir sind tatsächlich Spediteure, haben derzeit 25 Trucks und sechs Siebeneinhalbtonner auf den Straßen, fahren international und die Landessprache könnten Sie nebenbei lernen. Ich wäre begeistert, wenn jemand bei uns perfekt Deutsch spricht."

„Überlegenswert", murmelte Hanna. „Ich würde mich auch nicht als Außenseiterin fühlen, weil hier einige meine Sprache sprechen und helfen könnten, wenn die Säge klemmt. Ich denke, in den nächsten Tagen werde ich herausfinden, was ich will." Dabei blinzelte sie Mario zu.

Der schmunzelte. „In der Anlernphase würde ich dich mit auf Tour quer durch Europa nehmen, damit du unseren Fahrerinnen und Fahrern nachfühlen kannst, mit welchen Widrigkeiten sie fertig werden müssen.“

Hanna nickte erfreut. „Ist bestimmt auch heilsam für eine Bikerin, die bösen Fallen im gegenseitigen Miteinander mal von der anderen Seite kennzulernen.“

„Ich sehe es schon deutlich kommen, dass wir demnächst eine Neuveronesin haben werden“, sagten Adriano und Luca synchron in Wort und Stimme, was die ganze Gesellschaft in wieherndes Lachen ausbrechen und Mario einen wohligen Schauer über den Rücken rinnen ließ.

„Mich würde wundern, wenn sie das Angebot ablehnt“, erklärte Tobias flüsternd den Mancini. „Sie ist in ihrem Job todunglücklich. Ich hatte heute scherzhaft gesagt, dass sie, als Reiseverkehrskauffrau, doch auch unseren Urlaub planen könnte. Sie zischte davon, wie eine Rakete. Ihr habt es vielleicht poltern hören, als sie zur Tür hereinkam. Das waren ganze Gebirge, die mir vom Herzen gefallen sind.“

„Und dein Job?“, fragte Anabelle.

„Ist immer noch der Gleiche. Ich lasse mich nur nicht mehr kommandieren, verlange Gegenwert für die vielen Überstunden und Schuricht bekommt sofort eine Abfuhr, wenn eine Sache nicht machbar ist“, erzählte Tobias. „Der Schuss, dem du ihm vor den Bug gesetzt hast,

wirkt noch immer. Er hat schnell kapiert, was er
an dir verloren hat, und weiß genau, wenn ich
gehe, kann er seine Bude dicht machen. Das hat
er nicht nur von mir, zu hören bekommen. Zwei
Großkunden, die du hervorragend betreut hast,
haben ihm direkt die Pistole auf die Brust
gesetzt, weil er dich vergrault hat, und plötzlich
war er fast handzahm. Es ist also einigermaßen
erträglich, wofür ich dir danken möchte." Dann
wandte er sich grinsend an Renato. „Letztens
stand eine rote Road King auf dem Parkplatz, da
hat er sich fast in seinem Büro verbarrikadiert."

„Dann stecke ihm doch, dass Anabelles Sohn
meine Tochter geheiratet hat", kicherte Renato.

„Ha! Das werde ich machen! Ich weiß auch
schon wie!" Er berichtete, was er wegen Anabelles Hochzeit ausgeheckt hatte, von den Feiernden mit viel Gelächter quittiert. „Die meisten
Kollegen sind ja noch da, und der Rest kennt die
Geschichte inzwischen."

Anabelle zog ein gespielt verzweifelt-komi-
sches Gesicht. „Und das, wo man Heiligen-
scheine nicht abschalten kann!"

„Altes Familienübel", lachte Adriano, Luca
lächelte breit.

Als die Band erschien, um zum Tanz aufzu-
spielen, grinsten sich die Mancini und Andreotti
vergnügt an – ‚Kuschelbär' schien genau das
Anschmiegsame gefunden zu haben, das viele
seiner Leidenschaften teilte. Tobias und Melinda
atmeten erneut auf. Der Urlaub, der schon am

ersten Tag fast in einem Fiasko geendet hätte, werde nun ganz sicher in einem Feuerwerk von Eindrücken weitergehen.

„Schaut euch die strahlenden Gesichter an", staunte Luca bei der nächsten Walzerrunde. „Man könnte glatt glauben, dass die beiden heute geheiratet hätten!"

Hanna lachte herzlich, Mario lächelte verschmitzt: „Sie ist die erste Frau, bei der mir solche Gedanken überhaupt durch den Kopf gehen."

„Ich weiß", schmunzelte Luca, mit Laura die Tanzrichtung wechselnd.

Hanna und Mario zogen einfach mit, als würden sie jeden Tag zusammen den Walzer linksrum tanzen.

„Und wieder eine Gemeinsamkeit!", kicherte Gepetto, auf Tobias' völlig verblüfftes Gesicht. „Soll ich schon den Saal für die nächste Hochzeit buchen?"

Am meisten lachten die frisch Verliebten über die nicht völlig abwegige Idee. Melindas letzte Bedenken, was geschähe, bliebe Hanna wirklich hier, verflogen. Marios Eltern waren warmherzig und Hanna unterhielt sich angeregt mit ihnen.

Mario begleitete die drei deutschen Gäste kurz nach Mittagnacht zum Hotel, wo er sich von Hanna mit einem Kuss auf die Stirn verabschiedete. Man verabredete sich für zehn Uhr, um auf Entdeckungstour zu gehen.

„Ein echter Gentleman. Ich habe ein durch und durch gutes Gefühl“, murmelte Tobias und die Damen nickten heftig.

XI.

Mario stand am nächsten Morgen und allen folgenden Tagen pünktlich im Foyer des Hotels, um seiner selbstgewählten Aufgabe als Reiseleiter nachzugehen. Er führte die drei Deutschen zu den großen Sehenswürdigkeiten, die alle Reisegruppen in Augenschein nahmen, aber auch zu versteckten Schönheiten und Perlen der Baukunst, die Tagesgäste selten von allein fanden. Melinda und Tobias, die einiges in den letzten Urlauben nur kurz besucht hatten, genossen seine umfangreichen historischen Ausführungen.

„Meine Güte! Du bist ja fast ein wandelndes Lexikon", staunte Hanna.

„Ich bin Veroneser", gab Mario mit einem breiten Lächeln und sichtbarem Stolz bekannt. „Meine und Lucas Familie sind sogar echte Ureinwohner. Wobei die Mancini schon seit dem 13. Jahrhundert urkundlich nachweisbar sind. Sie sind Nachfahren von Pietro d'Abano aus Padua."

„Uns beeindrucken die ungewöhnlichen Augen der beiden Männer", gab Melinda für alle bekannt.

Mario schmunzelte. „Die sind auch seit dem 13. Jahrhundert verbürgt und an alle männlichen Nachkommen vererbt. Und noch viel mehr Ungewöhnlichkeiten. Sie werden es herausfinden."

Am fünften Tag gab ein Scheinwerfer an Tobias' Auto den Geist auf. Mario winkte ab. „Wir fahren zu Antonio in die Werkstatt, da wird der eins-zwei-fix ausgetauscht. Er ist einer der Biker, die damals Anabelle mit von der Firma abgeholt und Herrn Schuricht das Fürchten gelehrt haben", fügte er erklärend hinzu.

„Ah ja, den kennen wir von Anabelles Hochzeit!", rief Tobias sofort. Hanna schaute ihn neugierig an. So fügte er hinzu: „Von daher kennen wir auch Claudia, Rosanna, Gepetto und Renato, weshalb wir gestern mit allen gleich per Du waren."

Antonio ging erst beim sechsten Klingeln ans Telefon. „Bei uns ist momentan landunter. Ich lasse euch ein Ersatzteil zur Spedition bringen, das euer Monteur reinbasteln und einrichten kann", versprach er. „Da haben es deine Gäste auch nicht so weit." Er notierte sich den Autotyp und das Baujahr.

„Nicht übel", blinzelte Mario. „Da kann ich Ihnen gleich zeigen, wo Hanna arbeiten würde, wenn sie sich dafür entscheidet." Er kündigte den Blitzbesuch mit Grund bei Gepetto an.

„Passt doppelt gut. Heute ist Flotteninspektion, da kann Hanna auch gleich die Besatzungen der Trucks in Augenschein nehmen, die fast vollzählig mit den Fahrzeugen anwesend sind", frohlockte Gepetto.

Hanna lächelte. „Das grenzt an puren Luxus für einen Anwärter, vor einer Bewerbung oder einem Dienstantritt, die zukünftigen Kollegen einer so großen Firma kennenzulernen. So wie hier die Parzen die Fäden spinnen, ahne ich, wie das enden wird."

Alle nickten, Hanna lachte herzlich. Die wenigen Tage hatten genügt, ein Ja jetzt schon zu 99,9 Prozent festzumachen. Mario war in jeder Situation ihr Traummann. Sie konnte sich auch nicht vorstellen, dass er sich im Alltag grundlegen anders verhalten werde. Selbst spontan agierte er nicht planlos. Eben einer, der täglich die Verantwortung für Menschen, teure Fahrzeuge und wertintensive Fracht für ein Familienunternehmen trug.

Als sie schließlich auf den Betriebshof einbogen, wurden ihre Augen, trotz des Wissens, wie viele Fahrzeuge die Firma besaß, riesig. Vier waren auf Fernfahrt, die anderen parkten, exakt im gleichen Seitenabstand zueinander, nebeneinander aufgereiht. Erst die Riesen, dann die kleinen LKW, Werkstattwagen und Kleintransporter. Die Fahrerinnen und Fahrer standen beieinander und tauschten sich zu den letzten Touren aus.

Natürlich wurden die Neuankömmlinge neugierig gemustert, wie jeder, der plötzlich auf dem Hof erschien. Die Überwachungskamera hatte das fremde Fahrzeug schon erfasst, Gepetto lotste sie zur Werkstatt, wo ein weiterer Truck überm Graben stand und inspiziert wurde. „Antonio war schon da, Manuel übernimmt sofort."

Alle stiegen aus.

„Beeindruckend", flüsterten die deutschen Gäste.

Mario blinzelte Hanna zu. „Kommst du mit?" Wobei er mit dem Kopf auf den Pulk Trucker zeigte.

„Aber klar doch!" Hanna schritt mit ihm hinüber.

Die Damen und Herren begrüßten die beiden herzlich.

„Seid nicht überrascht, wenn ich euch heute mal auf Englisch zutexte", schmunzelte Mario. „Meine deutsche Begleiterin, Hanna, spricht kein Italienisch."

„Ich werde es aber umgehend lernen. Versprochen!", erklärte Hanna lächelnd.

„Ohoooo! Ernste Absichten?", rief ein Techniker.

„Auf Job und Mann", kam es von Hanna wie aus der Pistole geschossen, womit sie Mario einen freudigen Schreck versetzte.

Klar brachen alle in Gelächter aus, weil er wirklich verdattert schaute. Er hatte sich aber sofort gefangen, grinste breit in die Runde und sagte behaglich: „Na, wenn die Katze schon mal aus dem Sack ist, verrate ich ein bisschen mehr. Hanna wird in der Logistik für den deutschsprachigen Raum arbeiten. Im Augenblick spricht sie wirklich kein Italienisch, ihr habt aber das Versprechen gehört. Derzeit arbeitet sie in Deutschland als Reiseverkehrskauffrau, ist also kein

Neuling, was Transport- und Zeitplanungen auf Autobahnen und Landstraßen betrifft. Die ersten Absichten in jedweder Beziehungen beruhen auf Gegenseitigkeit. Also Finger weg! Meins!"

Das wiehernde Gelächter nach dieser Ankündigung lockte die anderen herbei und sie stimmten in das Lachen ein, als sie den Grund erfuhren.

Mario zog Hanna an seine Schulter. „Und, meine Lieben, wie ihr seht, nimmt sie kein Blatt vor den Mund. Es ist also damit zu rechnen, dass ihr gut miteinander auskommen werdet, weil jeder Klartext redet."

„Welche Sprachen beherrschen Sie außerdem, als Reiseverkehrskauffrau?", fragte einer, der Trucker.

„Französisch und Spanisch", gab Hanna bekannt.

„Hilfreich, hilfreich!", rieb sich Claudia die Hände. Und hängte scherzhaft an. „Wollen Sie gleich den Arbeitsvertrag unterschreiben?"

„Wenn es keine Umstände macht?", schmunzelte Hanna.

Bei den Angestellten gab es die nächste Lachsalve, als die Andreotti geschlossen auf dem Absatz kehrtmachten und Hanna zum Büro führten. Tobias und Melinda schauten amüsiert kopfschüttelnd hinterher.

Als die vier zurückkamen, grinste Hanna in die Runde. „Nun haben Sie mich wirklich auf dem

Hals. In acht Wochen müssen wir uns zusammenraufen."

Ausnahmslos alle klatschten Beifall.

Im Auto gab Hanna bekannt: „Ich werde noch heute die Kündigung schreiben, per Mail vorab und per Brief hinterher schicken."

„Ich lade heute Abend zu ‚Vincenzos' ein und lasse auf so viele gute Nachrichten den Champagner sprudeln. Anabelle, Adriano und Emile eingeschlossen und ich bringe Eros, den Bruder von Emile, mit." Mario sah schon auf den ersten Blick glücklich und zufrieden aus. „Dass ich Hannas Umzugstruck fahren werde, muss ich sicher nicht erwähnen. Ich werde auch reichlich Polstermaterial fürs Motorrad dabei haben."

„Aber ich muss was erwähnen, sonst sterbe ich an Herzdrücken", strahlte Hanna. „Dass ich sehr, sehr glücklich bin."

„Ich auch!", rief sofort jeder der drei anderen.

Natürlich erfuhren die jungen Mancini im Flitterurlaub ebenfalls die frohen Botschaften.

„Hehehe, wir trinken heute auf euch!", rief Luca begeistert. „Ich habe dir doch immer gesagt: Einfach abwarten."

„Und ich bin froh, auch dabei auf dich gehört zu haben", freute sich Mario. „Ich werde ihnen auf dem Rückweg von Bardolino mein Häuschen zeigen, damit alle wissen, was Hanna wohnraumtechnisch erwarten wird."

Beim Anblick der Villa im Abendsonnenschein blieb Hanna regelrecht der Mund offen.

Sie hatte mit einem Flachbau im Bungalow-Stil gerechnet. Keinesfalls mit einem Traumschloss, das jenem der Mancini nur wenig nachstand. „Das ist dein Häuschen?", stotterte sie beeindruckt.

„Ist es und hat vorher Rosannas erstem Mann gehört. Luca hat mir den Tipp gegeben, Interesse anzumelden, und ich habe es bekommen. Drei Räume im Erdgeschoss sind Firmenzentrale, also das Allerheiligste. Ich lasse alles, außer die Wohnung selbst, von Dienstleistern pflegen. Hanna muss wirklich keine Angst haben, hier als Putzsklavin zu enden, zumal ich auch weiß, wie Staubsauger oder Wischmop funktionieren."

Tobias tippte Melinda an. „Eine Schampus-Runde musst du spendieren! Sie hat nämlich nicht mehr gewusst, dass Renato und Rosanna mit anderen Partnern bei Anabelles Hochzeit am Tisch saßen. Und verlorene Wettschulden sind Ehrenschulden."

Melinda blies die Wangen auf. „Immer auf die Kleinen!"

„Ach?!", kicherte Mario. „Ich werde auch immer der Kleine für meine Eltern und Geschwister bleiben."

„Sie sind doch bestimmt zwei Meter groß!"

„Richtig. Körperlich ist das so, vom Alter bin ich eben der Jüngste der Bande und den Letzten beißen die Hunde."

Melinda zog einen lustigen Flunsch. „Okay, dann löse ich mal lieber meine Wettschulden ein. Das hängt mir sonst ewig an. Aber Hanna ist auch unsere Kleine. Es gibt nämlich noch Bruder Peter, der drei Jahre älter ist. Bin auf das Gesicht gespannt, wenn er erfährt, dass Hanna nicht einfach nur von zu Hause auswandert! So etwas war nämlich immer sein großer Traum."

„Was macht er beruflich?"

„Er ist Dachdecker und steht kurz vor der Meisterprüfung", verriet Hanna. „Er möchte sich irgendwann selbstständig machen."

„Na, dann weiß ich doch, wen ich sämtlichen Häuschenbesitzern empfehlen werde. Über das Auswandern kann er immer noch nachdenken", sagte Mario. „Vielleicht findet er ja Gefallen an uralten Techniken, die hier allerorten nötig sind."

„Hier hat man offenbar sofort auf jeden Topf einen Deckel", erschreckte sich Tobias.

„Ja. Denn wir sind Veroneser", blinzelte Mario treuherzig. „Ein paartausend Jahre Geschichte können einen schon erfinderisch machen."

„Darf ich fragen, welche Stellung Sie im Familienunternehmen einnehmen?", meldete sich Melinda.

„Ich bin Mitinhaber und zweiter Geschäftsführer", gab Mario Auskunft.

„Dann wundere ich mich auch nicht über diese Art Häuschen", gab Tobias zu.

„Wenn es Hanna lieber ist, kann sie eine kleine Einzelwohnung hier beziehen", fuhr Mario fort.

„Ich wäre glücklich, zöge sie direkt bei mir ein. Platz zum Schmollen ist auch für beide, wenn mal dicke Luft herrscht.“

„Wenn du das extra betonst, ist eher nicht mit solchen Zuständen zu rechnen“, überlegte Hanna laut. „Ich ziehe bei dir ein.“

„Ja!“ Mario riss die Siegerfaust hoch und lud die drei auf einen Kurzbesuch in sein Domizil ein. Hannas Augen konnten es am Ende fast mit Wagenrädern aufnehmen. Überall modernste Technik. Das Hauptbad – ein Traum mit Partnerwanne und Luxusdusche. Die Küche vom Feinsten mit gigantischer Kühl- und Gefrierkombination. Im Wohnzimmer ein riesiger Plasmabildschirm und jegliche Art Unterhaltungselektronik. Und das Schlafzimmer ein Traum mit begehbaren Kleiderschränken, die fast alle leer waren. „Die Fitnessgeräte sind im Keller, neben dem Partyraum. Ich habe zwar keinen uralten Weinkeller, wie die Mancini, aber gemütlich ist es trotzdem.“ Mario öffnete die Tür.

„Weck mich bloß nicht auf“, hauchte Hanna. „Das kann nur ein ganz wundervoller Traum sein.“

„Der einzige Haken an allem ist, dass ich von dir die gleichen acht Stunden im Job verlange, wie sie alle leisten. Ansonsten wirst du jegliche Privilegien einer gutsituierten Dame haben“, erklärte Mario. „Wenn mal Überstunden anstehen, sind wir beide betroffen.“

„Das Versprechen, mich daran zu halten, gebe ich gern!" Hanna kuschelte sich an seine Brust.

So gab es am Abend reichlich zu feiern. Vincenzo und Gianna bedienten an diesem Tisch persönlich, ehe sie sich mit dazu setzten und ihr Sohn die Bestellungen aufnahm.

„Ich bin begeistert, dass uns alle weiterhin die Treue halten", freute er sich, als Mario bekanntgab: „Ich werde in sehr naher Zukunft öfter mit meiner Partnerin hier aufkreuzen und gemütlich den Tag ausklingen lassen."

„Weil auch du die alten Traditionen wahrst und nicht mit modernem Schnickschnack die wohltuende Atmosphäre zerstörst", lobte Adriano Vincenzos Sohn, der vor geraumer Zeit die Zügel des Unternehmens übernommen hatte. „So ist hier eben auch weiterhin der Treffpunkt der gehobenen, aber nicht abgehobenen, Gesellschaft."

Für das schmalere Portmonee blieben ebenfalls keine Wünsche offen und so war das Restaurant immer bestens besucht.

Als Hanna und ihre Familie nach Hause fuhren, hatten sie den genauen Plan, wann Mario mit dem Truck eintreffen werde. Hanna versprach, ein paar Helfer zum Tragen zu besorgen und ihm eine Liste mit Anzahl Größe und geschätztem Gewicht der Kisten zuzusenden, damit er den Umzug als Zuladung, statt einer Einzeltour, zusammenstellen konnte. Die postalische Kündigung hatte Mario über die gesicherte Firmenkorrespondenz nach Deutschland senden lassen und der Erhalt war bereits quittiert worden. „Wenn sich dein Handyvertrag nicht ummelden lässt, kündigst du ihn und schließt in Verona einen neuen ab. Kommt gut nach Hause!"

Der Abschiedskuss ließ Hannas Knie weich werden. Sie wäre am liebsten gleich hiergeblieben. Sie schrieb an jedem Rastplatz eine Etappen-WhatsApp und wunderte sich nicht, dass Mario abends anrief, denn den zwickte die Sehnsucht genau wie sie. Hatte er früher immer über Luca und Laura gekichert, die ohne den täglichen Telefonkontakt nicht glücklich waren, ging es ihm nun ganz genau so.

Peter, Hannas Bruder, fiel buchstäblich aus allen Wolken, dass sein Schwesterchen Job, Liebe und Hoffnung im Urlaub gefunden hatte, und die Eltern voll und ganz hinter all ihren Blitzentscheidungen standen. „Ich komme mit zwei Kollegen beim Umzug helfen, schon um mir den Typ anzuschauen, der mit einem Fingerschnippen eine halbe Familie in Euphorie versetzt!"

Mario lachte herzlich über diese Ankündigung. „Ich hätte nicht anders reagiert, hätten mir meine Schwestern solche Arien gesungen."

Auf den Tag genau vier Wochen nach dem Abschied, bog am zeitigen Morgen ein strahlend metallicblauer Truck in die kleine Straße ein. Die Zugmaschine zierten alle namhaften Sehenswürdigkeiten Veronas und der schwungvolle Schriftzug Spedition Andreotti füllte auf Italienisch die Seitenflächen des Aufliegers in weiß, blau und silber, wobei die I-Punkte durch kleine grünweiß-rote Flaggen ersetzt wurden. Dass der Truck mit allen technischen Schikanen ausgestattet war, die ihn zu einem Gesamtkunstwerk machten, stach sofort ins Auge.

„Das ist ein Anblick", murmelte Peter beeindruckt und Augenblicke später schauten Neugierige über sämtliche Gartenzäune, die wohl ähnlich dachten.

Marios breites Grinsen sprach Bände, als er ausstieg, um Familie und Helfer zu begrüßen. Hanna zog ihn einfach zu sich herunter, um ihn zärtlich zu küssen, worauf Mario sie hochhob und sie einmal im Kreis schwenkte. Peter schmunzelte. Der ‚Typ' war ihm jetzt schon sympathisch.

„Es hat sich leider nichts geändert", bedauerte Mario. „Wir müssen laden und spätestens 13 Uhr losfahren. Ich habe Terminfracht aus Hamburg für Österreich an Bord. Zuerst muss die BMW rein, dann alles andere."

Peter konnte kaum glauben, mit welcher Selbstverständlichkeit Hanna ihrem Liebsten das Motorrad zum Verladen überließ. Sein Blick sprach wohl Bände, denn Hanna platzte lachend heraus: „Er fährt eine Harley CVO Road Glide Limited, da weiß er, was anderen ihre Maschine wert ist."

„Ich sollte mir das Wundern schleunigst abgewöhnen", grinste Peter, den Zwei-Meter-Mann wohlwollend beobachtend.

Der hatte die Maschine inzwischen auf eine Rangierschiene geschoben, die nun zwischen zwei Querverschlägen im Auflieger dick abgepolstert verspannt wurde. Er schob die Querwände bis ganz oben ein, ehe er Möbel und Kisten stapelte. Hanna hakte die behördlich genehmigte Frachtliste ab, damit auch wirklich alles seine Ordnung hatte. Mario hatte jedes Detail bis zum Letzten durchdacht.

„Zu Hause helfen uns ein paar Kollegen aus der Spedition, die wir abends zum gemütlichen Essen mit Umtrunk ins Restaurant einladen werden.", verriet Mario auf Peters Nachfrage. „Eigentlich ist es ein normaler Job, einen Truck zu entladen. Aber gute Leute soll man auch gut behandeln."

„Genau das ist der Punkt, den unser Boss Schuricht erst durch Anabelle gelernt hat!", platzte Tobias lachend heraus.

Melinda ließ Essen durch einen Partyservice bringen. Es waren leckere ‚Möbelpackerportionen' und alle wurden satt.

Mario schaute auf die Uhr. „Zeit, Meter zu machen. Wir werden übermorgen in Verona ankommen." Er umarmte alle fest. „Sie wissen, wo wir wohnen. Für Urlaub stehen zwei kleine Einliegerwohnungen bereit. Ich würde mich freuen, Sie alle bald wiederzusehen."

„Ab ins Abenteuer, kleines Schwesterchen!", blinzelte Peter, Hanna auf die Nase tupfend.

„Ich habe doch einen starken sturmerprobten Mann an meiner Seite", strahlte Hanna. „Komm uns besuchen, Brüderchen!" Sie kletterte in den Truck und zog die Tür zu. „Ich freue mich auf das neue Zuhause."

„Das geht runter wie Öl", strahlte Mario, ließ die Mehrklanghupe erschallen und startete den Motor. „Mach es dir bequem. Die Tasten sind selbsterklärend."

Hanna atmete tief durch. „Soeben geht ein Kindertraum in Erfüllung – ein Mal in einem großen Truck sitzen und die Welt praktisch von oben betrachten. Dass es gleich eine lange Reise werden könnte, wäre mir als Kind nie in den Sinn gekommen."

„Ich hoffe, dir noch viele, viele Träume erfüllen zu können", antwortete Mario versonnen, das Wohngebiet der Ein- und Zweifamilienhäuser verlassend.

Hanna merkte schon auf den ersten Kilometern Autobahn, wie hart der Job der Fahrer war, und dass der Tote Winkel auch wirklich den Tod anderer bedeuten konnte.

„Und nun stelle dir das Ganze ohne die vielen elektronischen Systeme vor, die dieser Truck hat", schlug Mario vor.

„Er wäre, mit dieser Ausstattung, ein fünf Sterne Plus Bus", gab sie zu, das weiche Lederpolster des Sitzes genießend. Der Fahrersitz war in kleinsten Nuancen verstellbar und damit für Langstreckenfahrten bestens geeignet.

„Oh Gott!, Da vorn hat ein Brummi eine Reifenpanne!“, rief Hanna, auf einen LKW in einigen hundert Metern auf dem Standstreifen deutend.

„Kannst du es genau erkennen?“, wollte Mario wissen, der sich voll auf den dichten Verkehr konzentrieren musste.

„Ja, der versucht mit einem Radkreuz die Muttern zu lösen. Es liegt auch Gummi der Lauffläche herum.“

Mario setzte den Warnblinker und eilte dem kroatischen Trucker zu Hilfe. „Stelle bitte das Warndreieck auf und flüchte dich hinter die Leitplanke“, bat er Hanna, die sich sofort ans Werk machte.

Der Pechvogel hatte Freudentränen in den Augen, als der Italiener wirklich gediegenes Werkzeug auspackte und in Rekordzeit das defekte Rad abnahm. Mit einem pneumatischen Muttern-Schrauber ging eben alles besser, als mit bloßer Muskelkraft. Hanna war dankbar, dass das Flott‚schiff‘ der Andreotti so perfekt ausgestattet war. Eine halbe Stunde später scherte Mario wieder auf die Fahrbahn ein, der kroatische Truck folgte ihm.

„Finde ich großartig, dass du nicht einfach weitergefahren bist“, sagte Hanna dankbar.

„Die armen Kerle haben meist gar nicht so viel Geld dabei, um Reparaturen im teuren Ausland machen zu lassen. Hätten sie ihn hier gerade ohne Warndreieck erwischt, wäre Ebbe im Portmonee unumgänglich gewesen. Hoffentlich kommt er pünktlich an und muss da nicht noch Strafgebühren berappen. Auch wenn wir jetzt Zeit verloren haben, fahren wir über die Grenze und suchen uns dort einen Übernachtungsplatz", gab Mario bekannt.

„Alles voll!", erschrak Hanna.

„Da vorn ist ein Kühlfahrzeug. Die sind zu zweit unterwegs, haben meist Sondergenehmigungen, und werden ganz sicher gleich weiterfahren", beruhigte sie Mario.

Er sollte recht behalten. Die Besatzung kam vom Toilettengang und er konnte den freien Platz direkt belegen. Im Anschluss lernte Hanna die noch weniger romantischen Momente der Truckerromantik, als Radwechsel, kennen. Sie entschied sich entnervt für Katzenwäsche und war froh, dass Marios Lebensmittellager ausnehmend gut bestückt war. Am Ende kuschelte sie sich in der Schlafkabine in seine Arme und versuchte, Ruhe zu finden. Nicht wirklich einfach, denn im Nachbar-LKW schnarchte einer wie ein ganzes Sägewerk. Der hörte erst auf, als ein anderer fordernd an seine Scheibe klopfte.

„Solches Pech habe ich gottlob selten", blinzelte Mario am Morgen vergnügt und nahm nach dem reichhaltigen Frühstück die Etappe zur Entladestelle in Angriff.

„Hattest du schon mal Reifenpanne auf der Autobahn?", fragte Hanna.

„Mögen mir alle guten Geister der Straße gewogen bleiben, um so etwas nie erleben zu müssen!", rief Mario. „Besonders nicht auf der Fahrerseite!"

„Darauf habe ich die besten Hoffnungen, denn du schaust nicht weg, wenn andere in Not sind", erwiderte Hanna mit Überzeugung.

„Oh Mann! Genau wie befürchtet!", knirschte Mario im nächsten Moment. „Die Kufsteiner LKW-Kontrolle!"

„Hätte es keinen anderen Weg gegeben?", fragte Hanna.

„Nur über Seefeld, aber nicht für uns. Alles, was groß ist und mehr als siebeneinhalb Tonnen wiegt, kommt und darf dort nicht durch. Nicht mal Autos mit Campinganhänger. Erstens zu steil, zweitens gibt es da eine 180 Grad Haarnadelkurve, wo selbst Linienbusse oft genug Probleme haben."

„Stimmt. Daran erinnere ich mich", seufzte Hanna.

Man winkte sie am Ende einfach durch. Mario blies die angehaltene Luft aus. Hanna zuckte mit den Schultern. „Eine gute Tat postwendend belohnt."

„Dann muss ich dem Berufskollegen wohl direkt den Hintern gerettet haben!", staunte Mario und freute sich noch mehr, als sie sofort an ein freies Entladeterminal andocken durften.

„Bleib bitte sitzen, so es dich nicht zu sehr belastet“, wandte er sich an Hanna. Die hätte sich aber in dem Gewusel der unglaublich vielen Trucks nicht freiwillig von der Stelle bewegt.

„Ihr könnt hier übernachten“, bekamen sie als Tipp, wobei der Warenstauer auf das gegenüberliegende umzäunte Gelände zeigte. „Es ist bewacht. Dusche und Essen findet ihr, fünf Minuten zu Fuß, da drüben an der Tankstelle. Gute Weiterfahrt!“

Mario ließ den Truck direkt hinüberrollen. „Es wäre töricht, den hilfreichen Rat einfach in den Wind zu schlagen. Wir gehen schön essen und ein Stückchen spazieren, freuen uns über die gigantischen Berge ringsumher und ziehen morgen mit einer Pause durch, so uns andere keinen Strich durch die Rechnung machen.“

Es klappte alles perfekt. Das Essen war lecker, der Spaziergang im Abendrot, das die Berge glühen ließ, grandios, und am Ende war sogar mehr als nur Kuscheln drin, weil gerade mal drei Lastwagen im Karree parkten. Weit genug auseinander, um nicht jeden Atemzug der anderen zu hören.

„Es sind etwa 170 Kilometer bis zur Paganella-Raststätte und dann noch einmal rund 106 bis nach Hause“, klärte Mario Hanna am Morgen auf.

„Ich glaube, ich wiederhole mich: Ich freue mich auf mein neues Zuhause“, strahlte sie.

Ob Christophorus oder Hermes, jeder Patron der Reisenden schien seine schützende Hand über Mario zu halten, denn sie kamen ohne Verzögerungen voran, fanden einen Parkplatz an der Raststätte und fuhren, nach einer ausreichenden Ruhephase, fernab der Gardesana bis Verona durch. Mario parkten den Brummi direkt vor seinem „Häuschen".

Ein paar Minuten später hupte es und die Helfer schwärmten aus, um den Auflieger zu entladen. Nur an die Tourenmaschine durfte keiner heran, die brachte Mario eigenhändig in die Garage, nachdem er sie auf die winzigsten Lackkratzer untersucht hatte.

„Alles in Ordnung!", gab er bekannt und bekam einen Kuss als Dankeschön.

Eine Stunde später brachte einer der Kollegen den Truck in die Firma, damit sich die Ankömmlinge in Ruhe frisch für den Abend machen konnten.

„Ein schönes warmes Bad und gemütlich Espresso trinken", schwärmte Mario.

„Klingt gut", bestätigte Hanna und präzisierte Augenblicke später: „Ohhh jaaaa, tut gut." Mario hatte den heißen Espresso kurzerhand direkt auf den Rand der Partnerwanne serviert. Im angenehm warmen Wasser ließen sie die letzten drei Tage Revue passieren. Hanna wusste, dass sie die richtigen Entscheidungen getroffen hatte, bei Mario war nichts gespielt.

„Morgen ist zwar Samstag, aber ich muss arbeiten. Frühdienst.", erklärte er soeben. „Da gehe ich dir beim Kistenausräumen nicht auf die Nerven. Ich werde gegen 15 Uhr wieder da sein."

„Wann musst du aufstehen?"

„4:30 Uhr, denn ich fange 6:00 Uhr an."

„Wir frühstücken gemeinsam. Wenn du im Bad bist, kann ich alles vorbereiten. Solltest mir nur sagen, was du, außer Espresso, in der Morgenroutine hast", schlug Hanna vor.

„Freu mich drauf", lächelte er. „Ich muss erst mal daran denken, dir dann sofort einen Schlüsselbund zu geben, damit du nicht im Haus gefangen bist."

Zu ‚Vincenzos' ließen sie sich mit dem Taxi bringen, damit Mario wenigstens auch ein Glas Wein trinken konnte. Die fleißigen Helfer trafen fast gleichzeitig mit ihnen ein. Sie hatten gerade das Menü gewählt, als Adriano mit Anabelle und Emile zur Tür hereinkam.

„Na das ist ja eine Überraschung!", staunte Anabelle, während Adriano kaum merklich wissend nickte. Ihn hatte es regelrecht hierhin gezogen.

„Kommt mit ran!", rief Mario.

Hanna freute sich besonders, konnte Anabelle doch in rasender Geschwindigkeit direkt vom Deutschen ins Italienische übersetzen. Sie empfahl ihr auch den idealen Lehrer. Hanna speicherte sich die Kontaktdaten sofort ins Handy.

Als sich die Männer unterhielten, erzählte Hanna Anabelle flüsternd und mit Begeisterung, wie Mario dem Trucker mit Reifenpanne geholfen hatte.

„Er ist ein Schwiegermuttertraum", verriet Anabelle. „Ab heute werden die Damen Trauer tragen. Und nicht nur die jungen. Es haben auch ältere Exemplare immer wieder versucht, die Eine zu werden, denn finanzieller Hintergrund und Bekanntheitsgrad sind verlockend. Umso mehr freue ich mich für ihn, dass er was Patentes bekommen hat, das weder geil auf Geld noch Namen ist." Sie streichelte blinzelnd Hannas Hand.

Als Mario am nächsten Tag aus der Firma kam, servierte Hanna sofort Espresso und Kuchen, den sie beim Spaziergang vom Bäcker mitgebracht hatte, und worüber sich Mario von ganzem Herzen freute. „Wir fahren dann gleich noch Einkaufen, damit du weißt, wo man so gut wie alles finden kann."

Auf dem Weg vom Einkaufszentrum zur Villa kamen sie an Antonios Autohaus vorbei. „Ach da steigt er ja gerade aus!", rief Mario und bog in die Einfahrt ab.

Antonio war natürlich schon bestens unterrichtet, wer die junge Dame an Marios Seite war, sodass er sie herzlich als Neuveronesin willkommen hieß. „Welcher Wind treibt euch her?"

„Hast du einen kleinen, guten Gebrauchten mit großem Kofferraum für mich?", fragte

Mario, nur mit den Augen auf Hanna deutend, sodass sie es nicht sehen konnte.

„Da drüben sind ein paar Sahnestückchen." Antonio führte sie in einen Ausstellungsraum. „Topp ist dieser hier. Ein halbes Jahr alt. Wurde verkauft, weil die Motorhaube wegen eines heftigen Steinschlags ersetzt werden musste. Hat auch mehrere nicht sichtbar ausgebesserte Lackkratzen wegen der beinahe Katastrophe an der rechten Vordertür und auf dem Dach. Ich gebe ihn dir für achttausend."

„Ist gekauft!"

„Kannst ihn auch sofort mitnehmen."

Mario wandte sich zu Hanna um. „Hast du deinen Führerschein dabei?"

„Ja, immer."

„Sehr gut. Du müsstest dann nämlich mit diesem Auto hier nach Hause fahren und dich auch sonst mit ihm anfreunden."

Hanna klappte der Mund auf. „Das ist für mich?!"

Mario grinste. „Mir war gerade so, damit du auch im Regen gut geschützt mobil bist."

Hanna fiel ihm Freudentränen weinend um den Hals. Antonio schmunzelte. Wo Mario sonst stets das Portmonee komplett geschlossen gehalten hatte, zeigte er hier offen, seine Traumfrau gefunden zu haben, und dieser sollte es an nichts fehlen.

Hanna programmierte für den Notfall das Handynavi. Aber Mario fuhr so gekonnt vor ihr her, dass sie jede Ampel bei Grün packte.

Tobias und Melinda blieb fast die Luft weg, als Hanna berichtete: „Mario hat mir heute ein Auto geschenkt."

Die Garage war groß genug, auch dieses Gefährt sicher unterzustellen.

XII.

Adriano hatte mit dem Garagenanbau beginnen lassen, als das Jungvolk, wie er es stets liebevoll nannte, aus dem Flitterurlaub zurückkam. Da war die Gefahr nicht so groß, dass sich die Arbeiter mit den Technikern ins Gehege kamen, die den Lift installierten. Die Statiker hatten nach vier Tagen grünes Licht gegeben, Kellerdecke und Dachbodendielen zu durchbrechen. Im Keller blieb das gemauerte Gewölbe unangetastet, denn man kam in gerade Linie genau neben dieser Wand heraus, wo sich eine Erweiterung aus dem 17. Jahrhundert befand. Man beschloss, einen Rahmen aus Stahl zu setzen, auf dem das Mauerwerk aufliegen sollte. Im Bereich des Dachbodens mussten vier angepasste Balken mit Querstreben zusätzlich eingesetzt werden, was den Einbau verteuerte.

Luca wollte schon den Liftstopp auf dem Boden weglassen, als Adriano mit den Schultern zuckte. „Wir haben es gemeinsam beschlossen, also bleibt es dabei. Für die Sicherheit meiner Lieben greife ich nun eben etwas tiefer in die Tasche, selbst wenn ich erst mal die Augen verdreht habe."

Nino kam jeden zweiten Tag zur Baustelle, um persönlich den Fortgang der Arbeiten zu überwachen. Emile wirkte während der Bauzeit etwas gestresst, entzog sich es ihm doch fast vollständig, was die vielen Fremden in seinem

Revier machten, das er zu bewachen hatte. Er genoss die Abende, an denen Ruhe herrschte, und er mit seinen Lieben kuscheln konnte. Das tat er so ausgiebig, dass Adriano mitleidig seufzte: „Armer Wauzi."

„Ich hätte Lust, den Schacht freizulegen, um zu schauen, wohin er führt. Auf dem Bauch da reinkriechen wäre sicher eine reichlich blöde Idee", murmelte Luca. „Ich möchte wissen, ob es einen handfesten Grund gibt, warum der nirgends auf den alten Grundstücksplänen zu finden ist."

Adriano schaute ihn verblüfft an. „Hast du Visionen, die mir fehlen?"

„Eher nicht. Neugier. Unfassbar große Neugier", erwiderte Luca. „Ich weiß auch nicht, was mich an einem Mauerwerk begeistert, das andere scheinbar völlig ignoriert haben."

„Falls sie es getan haben!", rief Anabelle. „Wenn du so merkwürdig reagierst, werde ich doch sofort hellhörig."

„Bitte keine Katastrophen", seufzte Laura.

„Bestimmt nicht", gab Luca mit fester Stimme zurück. „Ich möchte es fast als freudige Erwartung bezeichnen."

„Hä? Wie jetzt? Muss ich sicher nicht verstehen", grinste Adriano.

„Tröste dich, ich auch nicht", lachte Luca.

„Dann mach einfach." Adriano klopfte ihm wohlwollend auf die Schulter.

Laura kratzte sich hinterm Ohr. „Klingt gut. Ich wollte schon immer mal an einer archäologischen Grabung teilnehmen."

„Am Samstag buddeln wir los", versprach Luca. „Das Wetter soll ganz passabel werden. Bei höchstens 18 Grad Celsius kommen wir auch nicht gar so ins Schwitzen."

Laura lächelte vergnügt. „Vielleicht finden wir ja alte Münzen oder so was."

„Im Abwasserkanal?!", staunte Anabelle.

„Warum nicht?", blinzelte Luca. „Möglicherweise ist ja einem alten Römer der Geldbeutel auf der Latrine aus der Toga gefallen. Das hat den ganzen Kanal verstopft und er wurde aufgegeben, sodass er bis in unsere Tage in Vergessenheit geriet."

„Ich rätsele gerade, ob du Medizin oder Schauspielkunst studierst", feixte Adriano.

„Ha! Das war jetzt auch mein Gedanke!", platzte Laura lachend heraus.

Luca zuckte amüsiert schmunzelnd mit den Schultern.

Samstagmorgen gab Adriano zu: „Ich bin auch neugierig, ob mehr hinter dem Schacht steckt, als wir vermuten. Es gab ja nicht nur im Mittelalter Gründe, Wissen und Eigentum zu verbergen."

„Du denkst an die dreißiger und Anfang der vierziger Jahre des 20. Jahrhunderts", vermutete Anabelle.

Adriano nickte. „Da gab es reichlich Widrigkeiten, welche die letzten Eingeweihten genötigt
haben könnten, über alles Stillschweigen zu
bewahren. Möglich, dass Großvater einiges für
sich behalten hat, um die Familie zu schützen.
Dann war da ja auch noch der Bruch meiner
Eltern mit verschiedenen Traditionen.“

Anabelle räumte den Tisch ab, Adriano zog
sich ins Arbeitszimmer zurück, um Kongressun-
terlagen auszuwerten, während sich die jungen
Mancini im Blaumann mit Schaufeln und Spaten, bewacht von Emile, daran wagten, die uralten Mauerreste freizulegen. „Einen halben Meter
vom Anbau weg und im spitzen Winkel zur hin-
teren Tür, hat er gesagt“, murmelte Luca.

„Und wie tief?“

„Einen Meter.“ Luca trat kräftig auf den Spaten. Es dauerte fast eine halbe Stunde, bis sie auf
festen Widerstand trafen, an dem der Spaten
knirschend aufgab. Sie schaufelten, bis sie genau
sehen konnten, was Quer- und Längsrichtung
des Kanals war. „Nächstes Loch in fünf Metern
Abstand“, gab Luca vor, um herauszufinden, ob
der Schacht schnurgerade verlief.

„Hab ihn!“, rief Laura nach einer Weile,
worauf sie gemeinsam wieder ein Stück freileg-
ten.

„Das ist doch irre!“, staunte Luca. „Wenn der
jetzt so weiterführt und auch nicht die Tiefe
wechselt, kommt der direkt am Fundament an,
bevor das Baustück aus dem 17. Jahrhundert

beginnt. Also im uralten gemauerten Teil. Und von dem soll keiner gewusst haben?!" Luca tippte sich sogar an die Stirn. „Weißt du, was ich jetzt mache?" Und ehe Laura Vermutungen anstellen konnte, fügte er hinzu: „Auf dem Boden müssen irgendwo die ferngelenkten Autos stehen, mit denen wir als Kinder Rennen gefahren sind. Da schnallen wir eine Lampe und eine GoPro drauf und schicken eins auf Spitzeltour."

„Dazu müssen wir aber den Beginn des Tunnels suchen", überlegte Laura laut.

„Okay, dann buddeln wir in gerade Richtung an der Mauer runter und schauen nach, wie es da aussieht", gab Luca klein bei. „Und wenn wir dort nichts finden ..."

„...gehen wir in den Keller und suchen von innen, ob wir etwas Ungewöhnliches entdecken", beendete Laura den Satz.

„Vielleicht wäre es sogar sinnvoller, das jetzt zu tun, ehe wir sinnlos im Boden herumstochern", grinste Luca. „Mir nach!"

Im Treppenhaus hätten sie fast noch Anabelle über den Haufen gerannt, die ihnen mit in die Hüften gestemmten Armen kopfschüttelnd hinterherschaute. Kaum im Partykeller angekommen, zog Luca das Smartphone aus der Hosentasche. Zuerst schaute er auf den Kompass, dann interessierten ihn die GPS-Daten.

„Mist, die dicken Mauern schirmen alles ab", grummelte er, das Gerät wieder einsteckend und gleichzeitig den Bereich der kleinen Bar taxierend. Er stand fast fünf Minuten regungslos und schien etwas zu überrechnen.

„Zu welchem Ergebnis bist du gekommen?“, fragte Laura, als er sich sehr langsam zu ihr umdrehte.

„Ich bin leicht irritiert“, murmelte Luca. „Wenn der uralte Rauchabzug vom Kamin da drüben ist, warum ist dann hier etwas, das wie einer aussieht, der zugemauert wäre?“

„Ich hole Adriano!“ Laura machte auf dem Absatz kehrt und sprang wie ein Wiesel die Treppe hinauf. Sie hatte Adriano nicht verraten, wie die Frage lauten werde, die Luca stellen wollte.

So schaute sich Vater Mancini verblüfft um, weil ihm nie aufgefallen war, dass an den Mauern irgendetwas nicht stimmte. „In der Tat merkwürdig. Oben drüber ist die Praxis, da haben alle Räume genau vier Ecken“, flüsterte er. Im nächsten Moment hielt er den Holzhammer in der Hand, mit dem sonst die Zapfhähne in die Bierfässer getrieben wurden, und klopfte die Wände ab. Hinter der Bar klang es genau so hohl wie an der Wand des Kamins.

„Und nun?“, staunten alle drei.

„Draußen weitermachen“, regte Luca an. „Wie hoch ist der Schacht eigentlich?“

„Keine Ahnung!“ Adriano hob die Schultern.

„Was?! Ich dachte, du hättest ihn richtig freigelegt!“, rief Luca.

„Nein. Ich habe es wie ihr gemacht und gleich wieder alles zugeschüttet", gab Adriano zu. „Die Öffnung muss aber schnell zu finden sein. Sie dürfte einen halben Meter von euerer ersten Grabung entfernt sein."

„Sicher?" Luca schaute äußerst skeptisch. Vater wusste nicht, wie hoch der Tunnel war, aber genau, wo er begann.

„Wenn es nicht der Beginn ist, dann zumindest eine unterbrochene Stelle. Da war nämlich der Minibagger eingesackt", erklärte Adriano.

„Hätte ich es nicht zufällig aus dem Praxisfenster beobachtet, wüsste ich es gar nicht. Der Unglücksrabe hat alles sofort zugeschüttet und seinen Bagger woanders platziert. Kein Wort zu seinem Chef oder mir gesagt. Ich bin also abends mit Anabelle raus gegangen und habe neben der Stelle gegraben, weil es ja auch hätte meterweit ungebremst nach unten gehen können."

„Jetzt geht mir ein Licht auf, warum du da schon die Statiker zu Rate gezogen hast!", triumphierte Luca. „Du hattest keine Vision, wolltest aber trotzdem alles tun, um jeden Schaden am Haus im Keim zu ersticken."

„So ist es", bestätigte Adriano. „Wie dem auch sei, jetzt ich will wissen, was es mit dem gemauerten Karree auf sich hat. Möglich, dass hier mal ein Turm stand, oder stehen sollte und dann nie fertiggestellt worden ist."

„So was gibt es?", staunte Laura.

Anabelle nickte. „Ich kenne eine Kirche in Deutschland, welche die entsprechenden vorbereiteten Fundamente hat, aber nie Türme bekam. Es ist die vom Kloster Wechselburg. Die hat Papst Franziskus sogar in den Stand einer Basilika minor erhoben. Sie ist in vielerlei Hinsicht ungewöhnlich.“

„Bei einem Turm sollte ja auch irgendwo ein Eingang sein“, überlegte Luca, noch einmal die Mauern betrachtend. „Wir sehen hier zwei Wände. Wo sind die anderen?“

„Gute Frage!“, gab Adriano zu. „Legen wir erst mal den Eingang des Schachtes frei.“ Er bewaffnete sich ebenfalls mit einem Spaten.

Anabelle stellte inzwischen einige Vermessungen an der Hauswand an und markierte, wo der mittelalterliche Keller enden sollte, und steckte Pflöcke, wo sie die Mauern eines Turmes nach den Maßen der Innenmauern vermuten würde.

„Nicht uninteressant“, flüsterte Luca. „Bin gespannt, ob wir dem Phantom einen Namen geben können.“

„Hier geht es rein!“, rief Laura plötzlich.

Zu dritt schaufelten sie das Erdreich weg, damit der Eingang richtig frei lag und nicht durch nachrutschenden Boden verschüttet werden konnte.

„Meine Güte ist der hoch!“, staunte Adriano, die ein Meter fünfzig Scheitelhöhe an.

„Ich gehe mit Lampe und GoPro rein!“, rief Luca sofort.

„Lass das Handy auf Gespräch“, bat Anabelle.

„Da kann ich auch gleich mit dem Handy filmen und ihr könnt live dabei“, schmunzelte Luca. „Ich warte aber noch ein Stündchen wegen des Luftaustauschs und setzte eine OP-Maske auf.“

Es wurden zwei Stunden, ehe er sich auf den beschwerlichen Weg ins Innere, der vermutlichen 30 Meter langen Röhre, machte. Die anderen beobachteten es auf Adrianos Laptop, der auf einem Schemel direkt vor der Tunnelöffnung stand.

„Es riecht nur nach altem Mauerwerk und der Boden ist frei von irgendwelchen Ablagerungen“, erklärte Luca, die Kamera leicht schwenkend. „Ich werde etwa die Hälfte des Weges hinter mir haben. Da vorn scheint schon das Haus zu sein.“

„Wir können dich jetzt direkt, wenn auch leise, hören“, erklärte Adriano. „Du bist genau unter eurer zweiten Ausgrabung.“

„Mich laust der Affe! Eine Tür! Eine dicke vernietete, eiserne Tür! Die Klinke kann ich runter drücken, aber sie öffnet sich nicht“, hörten sie Lucas aufgeregte Stimme.

„Warte ein paar Minuten, ich schicke dir Emile mit einem ururalten Schlüsselbund rein, der im Safe liegt!“, versprach Adriano und eilte ins Haus. Nur gut dass der Lift schon funktionierte! Er war ja auch nicht mehr der Jüngste.

Kurz darauf hielt Emile ein Henkelkörbchen zwischen den Zähnen und folgte der Aufforderung: „Such Luca!"

Das freudige Winseln, als der treue Hund Luca erreichte, ließ die Wartenden schmunzeln. Er wich Luca auch nicht mehr von der Seite, der einen Schlüssel nach dem anderen ausprobierte.

„Vorletzter Versuch", hörten sie Luca sagen. Dann ein Jubelschrei. Schließlich: „Oh Mann, bin ich aufgeregt! Ich öffne sie jetzt."

Die rostigen Scharniere kreischten und Emile bellte, weil das seine empfindlichen Ohren malträtierte. Luca schob den Kopf durch den Spalt.

„Was ist da unten?", fragte Adriano besorgt, weil Luca nichts sagte und sich auch nicht bewegte.

Anabelle und Laura krallten vor Aufregung die Finger ineinander. Dann zeigte die Kamera, was Luca ergriffen staunen ließ: Mehrere metallene fest verschlossene Röhren und eine große Truhe, die aus Eisen zu bestehen schien und rostig rotbraun aussah.

„Ich glaube, ich habe die Schatzkammer entdeckt", hauchte Luca beeindruckt. „Die Wände sind im Format wie im Keller hinter der Bar, eine zweite Tür gibt es nicht." Er leuchtete den ganzen Raum aus. „Ich komme zurück und bringe eine der Röhren mit."

Natürlich war es die Größte, wie Luca breit grinsend zugab, als er endlich gebückt aus dem

Tunnel kraxelte. Er übergab sie Adriano, dann hob er Emile zu den anderen hinauf.

„Wir sollten die Öffnung sofort mit einer festen Plane verschließen!", regte Anabelle an.

„Machen wir!", versprach Luca. „Ich möchte nur erst bergen, was immer ich fassen kann. Mit meinem alten Skateboard ziehe ich einen Bauscheinwerfer hinein, dann verzurre ich auf dem Board, was es gerade noch fassen kann. Ich denke, ich werde drei oder vier Mal gehen müssen. Ob ich die Truhe vom Fleck kriege, werden wir merken."

„Ich komme mit!", rief Laura sofort.

„Moment!", forderte Adriano. „Anabelle bringt das ominöse Rohr ins Treppenhaus, ich hole Skateboard, Scheinwerfer, Schnellspanngurte, und die GoPro nebst Brustgurt, damit ihr beide die Hände frei habt, und ihr passt mit Emile inzwischen hier auf, bis ich wieder da bin. Dann bleibt Anabelle als Verbindungsfrau da, während ich eine alte Autoplane und Werkzeug für den Notverschluss bereitlege."

„Geht in Ordnung", antworteten ihm alle drei im Chor.

Anabelle brachte eine angebrochene Styropor-Box aus dem Lager der Praxis mit. „Damit könnt ihr vielleicht die Rundung des Boards ausgleichen und die Auflagefläche verbreitern."

Luca nahm Idee und Material freudig an.

Der Tunnel schien Emile nicht geheuer zu sein. Er fiepte völlig aufgeregt in den höchsten Tönen, weil er seine Lieben beschützen wollte.

„Geh zu Luca!", sagte Adriano schließlich, worauf der Hund mit einem Satz in der Grube war, um mit fliegenden Pfoten den beiden im Schacht nachzurennen. Eine Viertelstunde später rumpelte das voll beladene Sportgerät über den gepflasterten Boden. Luca zog es, Laura hielt es von hinten in der Spur und Emile beaufsichtigte alles als Nachhut.

„Ach du Grüne Neune!", rief Anabelle fast in Pittiplatsch-Manier, beim Anblick des Stapels. Sie nahm mit Adriano die Behälter entgegen.

„Wir holen jetzt sofort noch die Truhe", gab Luca bekannt. „Sie ist nicht ganz so schwer, wie sie aussieht. Dann verschließen wir den geheimen Raum."

Die jungen Leute tauchten wieder ins Dunkel ab, nachdem Emile den Befehl bekommen hatte, bei den Metallröhren zu wachen. Ein lautes Knacken und Gelächter aus dem Gang ließ die anderen aufhorchen.

„Wir haben einen Platten", erklang dumpf Lucas Stimme von etwa dem letzten Drittel des Weges. Ihnen war mit lautem Knall ein Rad vom Skateboard geflogen, nachdem sich das Kugellager mit unüberhörbarem Knirschen verabschiedet hatte.

Sie hievten am Ende die Truhe mitsamt Board hinauf. Die paar Meter bis zum Hauseingang, würden die übrigen drei Räder schon irgendwie aushalten.

Nachdem alles im Haus und der Tunnel notdürftig verschlossen war, standen sie da, wo im Winter die Gartenmöbel gelagert wurden, um die geborgenen Behälter herum und rätselten, was darinnen sein könnte.

„Wie wäre es mit dem Schlüsselbund?", kicherte Luca, das schwere Ding aus der Latztasche des Blaumanns ziehend.

„Du darfst! Schließlich ist es dein Verdienst, dass diese Dinge entdeckt worden sind", sprach Adriano lächelnd und stolz auf seinen Sohn.

Der hatte beim zweiten Versuch den richtigen Schlüssel gefunden, drehte ihn ganz langsam herum, schob den massiven Riegel zur Seite und atmete tief durch. Die GoPro zeichnete alles auf. Nun klappte er den Deckel der etwa 80 Zentimeter langen Truhe auf.

„Riecht wie altes Leder", murmelte Anabelle.

„Ist auch welches", bestätigte Luca, eines der dick damit eingepackten Gebilde im Format annähernd A4 heraushebend.

„Ein Buch?", murmelte Laura.

Luca lächelte wie eine Sphinx. „Ich vermute es anderes."

„Die Miniaturen, obwohl sie dafür ziemlich groß wären?" Adriano lugte noch einmal in die Truhe.

Luca faltete vorsichtig das brüchig gewordene Leder auseinander. „Fühlt sich wie Holz an. Ist Holz ... woooooow ...“

Anabelle fand als Erste ihre Sprache wieder. „Ein wundervolles Gemälde und perfekt erhalten! Den Augen nach eindeutig ein Mancini Vorfahr.“

Luca drehte es vorsichtig um. „Das hier hinten könnten Signatur und Datum sein. Die Geheimnisse lüften wir später. Schauen wir erst mal die anderen Schätze an.“

Es waren drei Inkunabeln, also Wiegendrucke vermutlich aus dem 15. Jahrhundert, deren Seiten reich illustriert waren und auf Heilwissen schließen ließen.

Dann wieder Bildnisse, mal in kleinerem, mal in größerem Format, als das erste, die Herren mit den typisch strahlenden Haselnussaugen zeigten. Den Malstilen nach von verschiedenen Künstlern aus unterschiedlichen Epochen.

Adriano betrachtete stumm ergriffen die Gesichter seiner Ahnen, die allesamt nicht irgendwer gewesen waren. Sonst hätten sie es sich rein finanziell nicht leisten können, sich malen zu lassen.

Luca schien seine Gedanken lesen zu können, denn er sagte lächelnd: „Sonst wäre auch dieses Haus nicht ständig dem gerade vorherrschenden Stil angepasst und erweitert worden.“

„Das hält sich dann ja auch weiterhin so. Ich sage nur Doktor Mancini, ein Anwärter darauf und gläserner Lift“, schmunzelte Anabelle.

„Apropos weiterhin halten – ich werde das kleine Besucherzimmer zur Ahnengalerie umgestalten, nebst kompletter Technik, um die Bilder mit der optimalen Raumluft zu versorgen, damit sie noch viele Jahrhunderte erhalten werden können“, legte Adriano fest.

„Eine wundervolle Idee!“, jubelte Luca. „Ach, schaut mal an! Hier sind die Miniaturen!“ Er öffnete das letzte Päckchen, aus dem ovale Bildnisse purzelten, vier mal sechs Zentimeter groß und mit breiten vergoldeten Rahmen. Tatsächlich trugen alle Bräute das Mancini-Diadem.

„Wundervoll, einfach wundervoll“, flüsterte Anabelle.

„Wagen wir uns an die Röhren?“, fragte Luca.

„Nach dem Essen“, gebot Adriano. „Ich bin am Verhungern.“

„Ooooops, schon 18 Uhr“, staunte Luca, der so voller Adrenalin steckte, dass er nach dem ausgefallenen Mittagessen und Kaffeetrinken, noch glatt das Abendbrot verpasst hätte.

Anabelle bereitete es vor, die anderen trugen die geretteten Schätze samt Truhe in die Wohnung. Nur die zylindrischen Behälter blieben liegen. Dann saßen sie unter einem Heizstrahler am Gartentisch, weil alle noch die schmutzige Arbeitskleidung trugen und ja auch anschließend gleich weitermachen wollten.

Gepetto rief an. „Ich stehe zum vierten Mal vor verschlossenen Türen. Ist eure Burg im Belagerungszustand? Ich habe heute schon drei Mal am Tor geklingelt, weil auch keiner ans Handy ging!“

„Komm rein! Wir sind im Garten!“ Adriano entriegelte mit der Fernbedienung das Tor und versperrte es sofort wieder, als Gepetto eingetreten war. Emile rannte ihm schwanzwedeln entgegen und begleitete ihn bis zum Tisch.

„Setz dich und fass zu. Wir haben Großkampftag und im Eifer des Gefechtes jegliches Essen vergessen“, lachte Adriano, auf die verblüfften Blicke seines Freundes über das Outfit aller vier und die Löcher im Garten. „Um was genau es dabei geht, erkläre ich dir dann im Haus, denn wir sind noch nicht fertig und vermutlich wird es eine Nachtschicht. Schuld daran ist Luca.“

„Der Tonfall deutet auf ein freudiges Ereignis hin“, grübelte Gepetto, worauf ein vierfaches heftiges Nicken antwortete. Dass er wenig später mit geradezu riesengroßen Augen vor dem Tisch mit den Gemälden stand, hatten die Mancini nicht anders erwartet.

„Luca hat sie gefunden und zusammen mit Laura geborgen“, erzählte Adriano mit tiefer Zufriedenheit. „Aber das ist noch nicht alles.“ Er führte ihn in den Abstellraum. „Hier geht das Aufdecken der Familiengeheimnisse weiter.“

„Luftdicht zugepresst", stellten sie übereinstimmend fest. Ziehen half nicht, drehen, genau so wenig. Gepetto schlug vor, einen riesigen Rohrschneider einzusetzen. Er ließ sofort einen vom Spätdienst der Mobilen Werkstatt zur Villa der Mancini bringen.

„Das ist Präzisionsarbeit. Die lasse ich den Herzchirurgen machen", witzelte Adriano. Er hielt das erste Rohr in Position, Luca trennte es überaus vorsichtig auf. Er stoppte, als er gerade vom Deckelmetall ins übrige Rohr schnitt. Nun konnten sie den Verschluss mit etwas Kraftaufwand herunterziehen. Laura kehrte die Späne vom Tisch, dann ließ Luca den Inhalt der Röhre herausgleiten und rollte ihn sacht auf. Ein in Öl gemaltes Kunstwerk in Größe A2.

„Das sind meine Urgroßeltern!", rief Adriano sofort. „Ich habe eine Fotografie von ihnen, die haargenau das Gleiche darstellt!"

„Fantastisch! Die Ersten, die wir ganz genau datieren können!", freute sich Anabelle. „Und deine Urgroßmutter trägt das Diadem, obwohl es kein Hochzeitsbild ist."

„Das sind Ballkleider", erklärte Adriano. „Ein triftiger Grund das Wertvollste herauszusuchen, was die Schmuckschatulle hergab. Das waren noch Zeiten! Okay, okay, das ist heute auch nicht anders", schmunzelte er, mit Blick auf Anabelle und Laura, die fast entrüstet dreingeschaut hatten.

Es folgten noch vier großformatige Gemälde, die sich nicht zeitlich einordnen ließen, aber allesamt die magischen Augen der Männer betonten. Am Ende öffneten sie die kürzeste Röhre. Diesmal kam keine Leinwand zum Vorschein, sondern ein Aquarell.

„Meine Großeltern", strahlte Adriano. „Offenbar vom gleichen Künstler, der das Bildnis meiner Eltern erschaffen hat, das im Arbeitszimmer hängt."

„Dann sollten wir ganz einfach auch dieser Tradition folgen, und uns zeitgemäß in Acryl malen lassen", blinzelte Luca. „Mum hat doch beste Verbindungen zur Kunstszene."

„Die werde ich nutzen", versprach Anabelle, sich die Hände reibend. „Da komme ich auch an perfekte Restauratoren heran, und an Leute, die unsere Galerie mit der richtigen Technik ausstatten können."

„Mir fehlen immer noch die Worte", flüsterte Gepetto, wieder und wieder jedes einzelne Gemälde betrachtend.

„Und uns fehlen die Rahmen, die es einmal gegeben haben muss", stellte Luca fest, auf die Nagellöcher an den Rändern der Leinwände deutend. „Dass man sie nicht einfach aus dem Rahmen geschnitten hat, zeigt, wie man mit Bedacht zum wirklichen Erhalt zu Werke ging. Ich hätte Lust, mich morgen noch einmal ganz genau im Versteck umzuschauen. Vielleicht haben wir ja heute etwas übersehen, trotz des Bauscheinwerfers."

„Wir brauchen auch ein festes Tor, um den Gang zu verschließen. Ein einfaches Gittertürchen genügt mir nicht", gab Adriano bekannt. „Zur besseren Haltbarkeit ein paar Zentimeter innerhalb der Mauern."

„Gib mir eine bemaßte Zeichnung", bat Gepetto. „Ich kenne da jemanden, der ein Faible fürs Mittelalter hat und mit Freude die richtige Tür kreieren wird. Und jetzt wandere ich nach Hause, ehe Claudia eine Suchmeldung startet."

„Wir wandern ins Bett, wenn wir die diese Schätze in der Wohnung auf dem Fußboden ausgebreitet haben", gähnte Anabelle, eines der Werke locker zusammenrollend. Sie schlief am Ende fast unter der Dusche ein.

Emile schlummerte schon lange. Vielleicht träumte er ja vom Tunnel, denn er bewegte die Pfoten, als renne er, und ließ immer wieder ein leises „Wuff" hören.

Das Frühstück verlief in entspannter Atmosphäre, Luca ruhte regelrecht in seinem Mittelpunkt.

Laura schaute ihn mehrfach neugierig an. „Sagt mal, kommt es nur mir so vor, als strahle Lucas Gesicht wie angeleuchtet?"

„Ich habe es auch schon gedacht", gab Anabelle zu. Adriano nickte.

„Könnt ihr euch an meinen Traum erinnern, als ich Kind war, und Pietros Gesicht in der Rauchwolke gesehen habe?“

„Hm, hm“, brummten Anabelle und Adriano zustimmend.

„Ich habe heute Nacht wieder von ihm geträumt. Er hat mir zugelächelt und auf einen Deckenbalken gezeigt“, verriet Luca. „Ich werde also heute alle frei erreichbaren Querbalken absuchen. Wobei ich im Haus beginnen will.“

„Klingt vielversprechend. Auf dem Dachboden, zum Beispiel, sind einige Verschläge, die ewig keiner mehr aufgesucht hat“, murmelte Adriano. „Aber andererseits ...“

Anabelle tippte sich mit dem Zeigefinger an die Nase. „Die ersten Handyaufnahmen aus dem Versteck zeigten doch auch Balken. Warum sollte man die Rahmen an einem anderen Ort als die Bilder verbergen?“

„Genau mein Gedankengang!“, pflichtete Adriano bei.

Luca überlegte einen Augenblick. „Ja, es könnte ausreichend große Spalten gegeben haben, die mir nicht als solche aufgefallen sind. Vielleicht hat Pietro im Traum über meine offensichtliche Blindheit geschmunzelt. Ich gehe also zuerst in den Tunnel und nehme eine Leiter mit.“

Die schnallte er auf sein altes Skateboard, das notdürftig ein anderes Rad bekommen hatte. Emile begleitete ihn. Natürlich lief wieder die

Kamera, um alles genauestens zu dokumentieren. Luca leuchtete in jede Ecke, ehe er sich intensiv den Deckenbalken widmete. Nichts. Buchstäblich gar nichts. Er tastete sogar an den alten Deckenbrettern herum, die ziemlich deutlich machten, dass hier einmal ein Turm gestanden hatte, der vermutlich abgetragen worden war. Er lehnte sich etwas zu weit hinüber, sodass die Leiter kippelte. Mit einem Schreckensruf stemmte er sich an die Decke, die, wie er halb entsetzt, halb staunend feststellte, nachgab. Die Leiter kippte weg. Luca war froh, sich beim Absprung nichts verstaucht zu haben. Das Poltern war bis draußen zu hören. Emile bellte wie verrückt, Laura schrie auf. Luca zückte, um die Familie zu beruhigen, sein Handy und berichtete, was geschehen war.

Augenblicke später tauchte Laura auf. „Leiterhalter meldet sich zum Dienst!"

„Perfekt!" Luca stieg wieder hinauf. Er drückte gezielt gegen die Bohle. Sie ließ sich hochklappen und wegschieben. Die daneben auch und er konnte, auf der obersten Stufe stehend, einen Blick in den Hohlraum werfen. „Mehrere in fleckigen Stoff gewickelte lange Pakete. Das könnten durchaus die zerlegten Rahmen sein." Ein Klimmzug, dann lag er auf dem Bauch auf den Deckenbrettern und angelte sich die Fundstücke. Laura nahm ihm eins nach dem anderen ab. „Nun noch ein paar Fotos mit dem Handy, die Bretter wieder drauf, dann nichts wie raus hier.“

Statt seitlich hochkant legten sie die Leiter flach auf das Skateboard, die Pakete darauf und zuckelten ins Freie.

Luca schaute zum Haus hinüber. „Ich möchte fast wetten, dass nicht mehr als 40 Zentimeter Erde auf dem Dach des Verstecks liegen. Und auch, dass hier tatsächlich mal ein Turm gestanden hat.“

„Du würdest gewinnen. Es soll im 13. Jahrhundert rund 200 befestigte Geschlechtertürme in Verona gegeben haben. Einen, mit an Sicherheit grenzender Wahrscheinlichkeit, genau hier“, merkte Adriano an. „Und der Tunnel wird extra dafür angelegt worden sein.“

„So, wie der innen aussieht, hat der auch noch nie einen Tropfen Wasser gespürt. Höchstens, wenn einer mit regennassen Klamotten hier reingekrochen ist“, schmunzelte Luca. „Wir sollten die Chronik digitalisieren lassen, um gezielter suchen zu können.“

„Wäre das nicht ein Sakrileg?“, zweifelte Adriano.

Luca schüttelte den Kopf. „Sie ist dafür da, die Altvorderen nicht zu vergessen. Sie wären stolz, wenn sie wüssten, dass sich viele ihrer und ihrer Zeit erinnerten. Sie würden es sicher sogar genießen, ihre Konterfeis öffentlich in einer Galerie bestaunen zu lassen. Mit Kopien aus der

Chronik, welche über die jeweilige Person berichten.“

„Als vorübergehende Leihgabe an ein Museum, wo sich Historiker mit ihnen beschäftigen können“, wisperte Anabelle mehr für sich. „Keinesfalls länger als zwei Jahre. Wer dann etwas dazu studieren will, muss sich direkt mit uns ins Einvernehmen setzen. Ein Jahr. Ein Jahr reicht.“

„Du wirst das schon deichseln“, blinzelte ihr Luca fröhlich zu.

„Wir müssen die Bilder versichern lassen“, murmelte Adriano.

Anabelle schmunzelte. „Auf jeden Fall! Nur müssen sie erst mal geschätzt werden. Ich werde gleich morgen mit einem Restaurator telefonieren, der beste Referenzen hat.“

XIII.

Genau das tat sie auch und lud den Mann für den Abend ein, sich anzuschauen und anzuhören, was der Begehr ihrer Familie sei. Der Spezialist bekam Augen, groß wie Mühlräder, als er das Zimmer betrat. Anabelle hatte nur gesagt, sie wolle ein paar Familienbildnisse neu rahmen und eine kleine Galerie damit einrichten lassen.

„Oh, mein Gott ... das sind Kunstschätze ... von unglaublichem Wert ... aus den verschiedensten Jahrhunderten ...“, hauchte er ehrfürchtig. „Das ist ... das ist ... mit fehlen echt die Worte!“

Nun bekam er auch die anderen Wünsche erklärt, mit Umbau und Technik für den gesamten Raum. Er nickte immer wieder und machte sich Notizen. „Vorrang sollten die Werke haben, die in ihre angestammten Rahmen müssen“, flüsterte er.

„So ist auch unser Plan“, bestätigte Luca. „Alles andere kann später gesäubert und aufgearbeitet werden.“ Dann schmunzelte er. „Fragen Sie nur! Ich sehe Ihnen an, was Ihnen auf den Nägeln brennt.“

„W ... wirklich?!“

„Hm, hm. Sie würden die Kunstwerke gern öffentlich zugänglich ausstellen.“

„K ... können Sie Gedanken lesen?!“

„Hin und wieder“, gab Luca amüsiert zurück. Adriano grinste in sich hinein. Diese Antwort war goldwert.

„Sagen wir so“, meldete sich Anabelle zu Wort. „Wir würden den Familienschatz ein Jahr lang für eine Sonderausstellung zur Verfügung stellen. Natürlich erst, wenn wir den genauen Wert jedes Werkes wissen, die Entstehungszeit, gegebenenfalls, so ermittelbar, den Maler. Wir erwarten, wie sollte es anders sein, absolute Sicherheit für die Sammlung. Und noch etwas: Jedes Bildnis soll erklärend mit einer kopierten Seite aus unserer Familienchronik gezeigt werden. Soweit die Grundbedingungen.“

„Das heißt, je schneller die großen Werke in Bestzustand kommen, umso länger sind sie in den zwölf Monaten zu sehen“, erklärte Adriano. „Die Ausstattung dieses Raumes wird per sofort als Kostenvoranschlag abgefragt.“

„Sie werden ja sicher mehrere Angebote einholen. Meins schicke ich Ihnen gleich morgen früh per Mail!“, rief der Restaurator, die Maße der Wände, Fenster, der Tür und aller Bilder nehmend. „Ich habe ein Programm, wo ich die Platzierungen einarbeiten und ändern kann, und wo Sicherheitsdrähte und Klimagerätschaften planbar sind.“ Dann fügte er leise hinzu. „Ich würde gern persönlich die laufende jährliche Betreuung Ihrer zukünftigen Galerie übernehmen. Auch dazu lege ich ein Angebot bei.“

„Tun Sie das!", freute sich Adriano. „Ich hätte nämlich auch noch einen Auftrag und direkt an Sie – zwei an die alten Meister angelehnten Acrylwerke von mir und meiner Frau, sowie von unserem Sohn mit Gattin, zu schaffen, die hier ebenfalls Platz finden sollen. Aber erst, wenn alles andere wirklich in Sack und Tüten ist, wie man so schön sagt."

„Das ist wie alle Feiertag auf einmal", strahlte der Restaurator. „Kommt selten vor, dass ich mal ganze Gemälde schaffen darf, die solch einen grandiosen Hintergrund haben. Ich freue mich darauf."

Laura hatte inzwischen warmes Abendbrot bereitet, das sich alle fünf bei angeregter Unterhaltung schmecken ließen. Renato werde man am nächsten Tag bitten, sich um das Rechtliche zu kümmern, wenn es daran ging, die Gemälde zu verleihen. Was damit praktisch auch in der ‚Familie' blieb.

So, wie der Restaurator Vater und Sohn anschaute, schien er schon einen Plan zu haben, wie er die ungewöhnlichen Augen perfekt in Szene setzen konnte, um sich nicht hinter den Malern der Ahnen der beiden verstecken zu müssen.

Bei Anabelle sollten alle Fäden zusammenlaufen, denn Luca war für die nächsten Monate ausgeplant. Das Auslandssemester stand an. Laura büffelte, über das Studium hinausgehend,

Latein, um eines Tages die Chroniken auch selber lesen zu können.

Dass just zu diesem Zeitpunkt Hanna bei Mario einzog, war für alle ein Glückstreffer. Laura konnte mit Hanna Italienisch üben, während sich Mario abends manchmal noch um firmeninterne Dinge kümmern musste. Mal fuhr Laura auf der KTM zu Hanna, hin und wieder kam Hanna mit dem Auto zu den Mancini, wo Anabelle die Grammatik überwachte. Mario ließ sich dann von einem Kollegen da absetzen und beide fuhren anschließend mit Hannas Auto nach Hause. Hanna spielte auch manchmal für Laura ‚Opfer‘, wenn diese Muskeln und Sehnen ertasten und in Zeichnungen eintragen musste.

„Bei euch Männern fühle ich doch nur brettharte Stränge und nix anderes“, lachte Laura, wenn Adriano darüber harmlose Witze riss. „Ihr seid dran, sobald ich weiß, was und wo ich suchen muss.“

„Ach herrje!“, erschreckte sich Adriano gut geschauspielert. „Dann gibt es garantiert die Revanche für das zerdrückte Ganglion!“

„Aber so was von!“, drohte Laura grinsend und erzählte Hanna die kleine Begebenheit.

Luca war nach Berlin geflogen, um sein Praktikum anzutreten. Das war sehr viel komfortabler gewesen, als mit dem Zug zu fahren. Zum Hotel gelangte er mit dem Taxi. Die Verkehrsanbindung von seinem Hotel zur Klinik war hervorragend, sodass er vor Ort nicht einmal einen Leihwagen mietete.

In der Charité war man angenehm überrascht, dass sich der junge italienische Assistenzarzt nicht einfach nur auf Deutsch artikulieren konnte, sondern die Sprache perfekt in Wort und Schrift beherrschte.

Mit dem, was er noch an Kenntnissen mitbrachte, kam es mitunter vor, dass eine der Schwestern ‚Doktor Mancini' sagte, worauf Luca schmunzelnd antwortete: „Nur Herr Mancini. Zum Doktor fehlt mir noch eine Menge."

„Das scheinen Ihre Patienten aber auch anders zu sehen", blinzelte ihm der Professor zu. „Da sind einige, die bescheinigen Ihnen mehr Durchblick, als dem Arzt, der sie hierher überwiesen hat."

„Oh je, dann muss ich ab morgen wohl eine schwarze Mütze tragen, damit man den Heiligenschein nicht sieht", stöhnte Luca, worauf der Professor in schallendes Lachen ausbrach und ihm freundschaftlich auf die Schulter klopfte.

Professor Doktor Lombardo in Verona erfuhr das natürlich ebenso. Ja, das passte zu Luca Mancini. Der hob auch nicht ab, wenn andere voll des Lobes waren. Der junge Mann war jetzt schon eine Bereicherung für seine Klinik. Für ihn stand außer jedem Zweifel, dass dieser promovieren werde. Auch, dass Luca keinerlei Ambitionen zeigte, private Kontakte mit den Schwestern zu knüpfen, imponierte ihm. Dabei umschwärmten sie ihn tagsüber wegen seiner mystischen Augen fast wie Motten das Licht.

„Meine Damen, im Klartext: Ich bin verheiratet, über diese Tatsache hocherfreut, und alle Versuche, mich zu irgendwas zu animieren, sind zwecklos. Sie sollten den Zustand akzeptieren und Ihre Jagden auf lohnendere Objekte ausrichten", gab er eines Morgens beim Kaffeetrinken zu wissen, nachdem sich ihm eine der Schwesternschülerinnen im Bus regelrecht an den Hals geworfen hatte.

Damit war das Thema gründlich vom Tisch, die angehende Schwester war dankbar, dass sie nicht strafversetzt wurde, weil der junge Italiener seine Belange selbst zu regeln pflegte, anstatt sich bei der Obrigkeit zu beschweren. Sie entschuldigte sich umgehend für ihr Verhalten bei ihm und bedankte sich, sie nicht angeschwärzt zu haben.

„Entschuldigung angenommen", sagte Luca. „Ich bin auf Grund meiner Augenfarbe einiges gewohnt. Träumen werde ich keiner verbieten, aber tun Sie es im stillen Kämmerchen."

Dass er im Dienst ihr gegenüber völlig korrekt blieb, ließ ihn auf ihrer Skala zu einem Halbgott in weiß aufsteigen. Und sie bemühte sich sehr, ihm und anderen keinen Grund zu Beanstandungen zu geben. Klar fiel es einigen auf, dass nicht nur besagte junge Dame das Anhimmeln ihres Idols plötzlich tunlichst unterließ. Sie ahnten, dass Herr Mancini ein paar wohlgesetzte

Worte an seine Verehrerinnen gerichtet haben musste, um ihnen die Flausen gründlich auszutreiben.

„Können wir ihn nicht doch irgendwie für uns reservieren?", fragte einer der Professoren hoffnungsvoll.

Worauf ein anderer antwortete: „Er bricht kein gegebenes Wort. Nicht mal, wenn wir ihm das Dreifache böten."

Anabelle hatte in Verona inzwischen auch alle Angebote vorliegen und festgestellt, dass sie, sämtliche Teilarbeiten zusammengerechnet, mit jenen ihres bevorzugten Restaurators am besten kam. So lag das erste große Bildnis bereits auf dessen Tisch. Es war vom Maler auf der Rückseite signiert worden, sodass es zweifelsfrei einem Jahrhundert zugeordnet werden konnte.

Zwei Museen, rangelten sich darum, die Exponate ausstellen zu dürfen, deren Mitarbeiter das Kunstwerk im Atelier des Restaurators erspäht hatten. Einer wollte es sogar sofort ankaufen. Das Ansinnen musste er zwar vergessen, bekam aber die Zusage, die komplette Sammlung in seinem Museum ausstellen zu dürfen. Da die Mancini den Zeitrahmen absolut begrenzten, verschob man die Planung einer Vernissage um ein Jahr. Der zeitgenössische Künstler wusste nicht, dass man ihn ins Auge gefasst hatte, und so gab es auch kein böses Blut.

Adriano lieferte Fotokopien der bereits zuordenbaren Chronikseiten. Die wurden ausgedruckt, um sie zwischen Plexiglas neben dem jeweiligen Gemälde zu präsentieren. Zu lateinischen Texten gab es Übersetzungen ins Italienische und ins Englische. Die Ausstellung war noch im Aufbau, als sich erste Kunsthistoriker um Studienzeiten im Museum und für später bei den Mancini bewarben.

Gelder, die ihnen bereits jetzt zuflossen, ließ Adriano zu einem Drittel auf Lucas Konto buchen. „Ohne ihn wären die Gemälde niemals gefunden worden. Oder nicht mehr zu unseren Lebzeiten", pflegte er, dies zu kommentieren. Der große Rest floss direkt in die Kostendeckung der Auftragsarbeiten. Zu denen gehörte dann eben auch, den privaten Ahnensaal, wie sie es zutreffend nannten, mit Thermoverglasung der Fenster und dicht schließender Tür zu versehen. Die vollautomatischen Messgeräte, die Klima- und die Alarmanlage fanden in einer Ecke Platz, verborgen hinter einem mannshohen Paravent, den das Bildnis eines Mannes in der Tracht des 13. Jahrhunderts zierte, ganz wie sie die Chronik beschrieb.

Von einem der Kunsthistoriker erfuhren sie, dass es sich dabei eindeutig um Kleidung des Hochadels handelte. Anabelle und Adriano wechselten einen erstaunten Blick.

„Das passt zu unserem wiederentdeckten Geschlechterturm", merkte Adriano schließlich an. „Den durfte sich ja nicht jeder nach Lust und Laune bauen. Und unsere vermeintlich römische Abwasserleitung war nie etwas anderes gewesen, als ein extra angelegter Fluchttunnel, für den Fall, dass der Turm von Feinden eingenommen wurde."

„Du solltest alle Erkenntnisse, die wir darüber gewonnen haben, ebenfalls in der Chronik hinterlegen", riet Anabelle.

„Ich verspreche es", blinzelte Adriano.

Jede dritte Woche kam Luca übers Wochenende nach Hause. Anabelle übernahm das Wäschewaschen. „Kümmert ihr euch lieber umeinander und Erholung mit euren Freunden!", forderte sie.

Die beiden jungen Mancini gehorchten schmunzelnd. Das hieß, sie waren dann meist mit Mario und Hanna unterwegs, wobei Mario, als Halter eines Vans, das Fahren übernahm. Die Tankfüllungen spendierte Luca. Gepetto arbeitete Lucas freie Wochenenden in alle Firmenpläne ein, damit das junge Volk gemeinsame Zeit verbringen konnte.

Luca machte buchstäblich drei Kreuze, als das Auslandssemester hinter ihm lag. Wegen des ausgeflippten Weibervolks, wie es einer seiner Professoren in Berlin genannt hatte, war er an den Abenden meist im Hotel geblieben, hatte ausgiebig mit Laura telefoniert, oder sich in Fachlektüre vertieft.

An jenem Tag, an dem Adriano mit ihm gemeinsam die Sonderausstellung mit den Bildern ihrer Ahnen eröffneten, versammelte sich auch der gesamte Freundeskreis. Außer Gepetto, Renato, Mario und deren Frauen, hatte keiner von den Kunstschätzen gewusst, die Luca entdeckt hatte. Davon erfuhren sie erst aus den handschriftlichen Einladungen.

Professor Doktor Lombardo hatte mit Gattin dankend angenommen und zugegeben, dass er neugierig sei. „Da bin ich doch richtig stolz, jetzt schon einen studierenden Medicus Mancini in Festanstellung zu haben", gab er beeindruckt bekannt, als er wirklich jeden Begleittext Buchstabe für Buchstabe gelesen hatte.

Sogar der inzwischen emeritierte Professor Doktor Lorenzo Petroni erschien, zur großen Freude der Mancini. In einem ruhigen Moment bekräftigte er noch einmal: „Hätte es Sie und Ihren Kampfeswillen für die Ihren nicht gegeben, dann wäre auch meine ganze Familie durch das Lügen-und-Intrigennetz von Leocardia zerstört worden."

„Der Dank gebührt allein meiner Frau", erwiderte Adriano mild lächelnd. „Sie ist der Engel mit den unsichtbaren Flügeln, der auch mir solche verliehen hat."

„Dann sollten Sie sie in diesem Reigen hier verewigen", schlug Lorenzo vor, auf die Gemälde deutend.

„Es ist bereits in Arbeit", verriet Adriano. „Wir haben so viele Traditionen, dass wir genau diese nicht vernachlässigen werden. Was wiederum ausschließlich unserem Sohn zu verdanken ist. Ich glaube fast, er kennt die Chroniken auswendig.“

„Würde mich nicht wundern“, lachte Lorenzo, auf Luca bei einigen Geschichtswissenschaftlern zeigend, denen er mehr erzählte, als die Kopien verrieten.

Beim anschließenden Sektempfang für vom Museum geladene Gäste ließ sich Laura die alkoholfreie Variante reichen. Unbemerkt, wie sie glaubte. Luca tauschte einen schnellen Blick mit Adriano, der beide schmunzeln ließ.

„Was habt ihr denn für einen Spaß?“, fragte Anabelle.

„Wir überlegen gerade, dass wir zu Hause schon mal den Platz für das Bild des nächsten Mancini schaffen sollten“, grinste Adriano breit.

Laura ließ vor Verblüffung, fast das Glas fallen. Dann grinste sie genau so breit zurück. „Da kann ich mir den Schwangerschaftstest sparen und mir für das Geld eine riesengroße Tafel Schokolade kaufen.“

Die Mancini brachen gemeinsam in herzliches Lachen aus, was die anderen neugierig schauen ließ.

„Der Hellseher war soeben wieder erfolgreich am Werk“, kommentierte Luca, mit beiden Zeigefingern auf seinen Vater weisend, was alles, aber zugleich nichts, verriet. Es bestätigte den Gästen nur, dass es in der Familie besondere Fähigkeiten gab, die sich nach außen durch die magischen Augen zu dokumentieren schienen.

Abends nahm Adriano den ziemlich sicheren freudigen Anlass zum Grund, ein paar zukünftige Dinge anzusprechen: „Oma Anabelle wird sich um den Nachwuchs kümmern, wie bereits vor längerer Zeit abgemacht. Das bedeutet, dass sie demnächst eine Sprechstundenhilfe einarbeiten wird, die später auch für Laura arbeiten soll. Ich gehe nämlich davon aus, dass Hanna und Mario in Kürze ebenfalls ein Baby erwarten werden, das hier am besten in Tagesbetreuung aufgehoben ist. Hanna wird Claudia ersetzen müssen, deren gesundheitliche Probleme immer offensichtlicher werden. Sie kann also nicht als Hausfrau und Mutter komplett zu Hause bleiben, auch wenn das Mario lieber sehen würde.“

Luca nahm Laura fest in den Arm. „Zudem habe ich das gute Gefühl, dass die beiden Kinder beste Freunde, wenn nicht gar mehr, werden.“

Adriano nickte vergnügt. „Ja, ja, die Parzen spinnen schon fleißig die Fäden.“

Laura kicherte. „Da du im Museum sagtest: ‚des Mancini‘, gehe ich davon aus, dass wir den Sohn, Mario und Hanna die Tochter, haben werden. Zumindest was die Erstgeborenen betrifft.“

„Ich hab was gesagt?“, kicherte Adriano. „Verflixt aber auch!“

Anabelle rieb sich die Hände. „Emile wird sich freuen, wenn er mit kleinen Unruhegeistern herumtoben darf. Und er wird sie ganz bestimmt gut behüten. Ich werde mich nebenbei, doch intensiv, kunsthistorisch sowie familiengeschichtlich betätigen, was die Kontakte mit den Wissenschaftlern, die bei uns recherchieren wollen, einschließt."

„Und die Korrespondenzen mit aller Welt", blinzelte Luca, auf den Packen geöffneter und vorsortierter Briefe weisend.

Anabelle nickte begeistert, sich an Adrianos Schulter kuschelnd. „Meine Familie, samt deren Geschichte, bedeutet mir alles, denn ich habe nur diese eine." Dabei kraulte sie Emiles Rücken, stellvertretend für jenen Hund, der sie als Baby, halb erfroren, entdeckt und gerettet hatte.

Laura umarmte Anabelle, Adriano und Luca ganz fest. „Das kann ich ziemlich gut verstehen. Ich habe ja auch erst hier erfahren, was eine richtige Familie ist. Es tut so gut, dass es euch gibt."

Adriano blinzelte vergnügt. „So ist eben das große Glück, ein kleines ein bisschen anders zu sein. Aber das verraten wir niemandem."

Laura schmunzelte. Alle freuten sich mit ihr auf das Baby, das, trotz Studiums, mit ganz viel Liebe in Geborgenheit einer richtigen Familie aufwachsen werde.

Luca hatte bereits ein neues Ahnen-Buch bei einem Handwerksmeister in Auftrag gegeben, das dem alten in Umfang und äußerer Ausstattung gleichen sollte. Seine eigene Geschichte hatte auf den letzten Seiten des ledergebundenen und mit Goldschrift auf dem Einband verzierten Sammelwerks aus Pergamenten und Papier begonnen. Sie sollte sich im neuen Buch mit den papyrusfarbenen Seiten fortsetzen, um einen nahtlosen Übergang für seinen Sohn zu schaffen. Den uralten Mancini-Chroniken konnten so auch in ferner Zukunft noch die Geschicke der Nachkommen hinzugefügt werden.

Dass es ganz genau so geschehen werde, zeigte die Tatsache, dass Luca dieses neue Buch jetzt schon fertigen ließ.

ENDE

Teil 1 **Teil 2**

Noch mehr Bücher und Informationen unter:
www.reni-dammrich-geschichtenzauber.de
www.sinas-drachen.com